JN007464

八男って、それはないでしょう！
23
著 Y.A

「ペーター様……陛下、
してやられましたね」
ペーター
「こういう『してやられた』は、悪くない。
エメラもそう思うでしょう？」
「はい」
エメラ

テレーゼ
「ヴェンデリン、さすがにちょっと驚いたぞ」
「テレーゼを出し抜けたとは、
俺も貴族として成長した証拠だな」
ヴェンデリン

「ルイーゼ嬢！　うぉ――――！　久々の『魔導機動甲冑』！」
アームストロング
ルイーゼ
「同じく、超久々の『魔導機動甲冑』！」

CONTENTS

八男って、それはないでしょう！㉓

プロローグ　極北の大地にて

「カイツェル、たったこれだけしか集まらなかったのか？　正規の団員は全員が集まったが、我らの理想に賛同したサポーター会員たちは？」

「あいつら、やはり口だけだったようです。せっかく我々『世界征服同盟』の偉大なる計画に参加させてやろうと声をかけたのに……」

「仕方あるまい。太古の昔、大業を成した魔族の王や貴族たちに、最初つき従う者たちは非常に少なかったと歴史書にはある。だが、先見の明があった彼らの多くが、功臣として歴史に名を残している。偉大な功績を挙げる天才とは、最初は凡人たちに理解されないものなのだ。つまり、ここに集まった十名の同志たちは、未来を見通せる優れた者たちということになる。勿論カイツェル、君もだ。自分の先見の明を誇るがいい」

「そうですよね、きっと我らの野望は成就するはずです」

『世界征服同盟』の党首たるこの私オットー・ハインツは、人間との接触以降、古の偉大で精強な魔族を復活させるため、懸命に努力してきた。

与野党を含む政治家たちへのロビー活動に加え、志を同じくする仲間を集めるべく、ゲリラ演説会を各地で開催した。

無許可での集会は禁じられていると言われ、警備隊に捕まること数回。

事情聴取で『だからさぁ、許可を取れば済む話じゃないか。書類くらい書けるよね？』と若い警備隊員にバカにされもしたが、所詮は堕落した国家の犬の戯言。

この私には響かない。

幸いにして、『世界征服同盟』のサポーター会員は百名を超え、我らの考えは徐々に若い魔族たちに浸透しつつある。

その膨大な魔力を生かして太古の王の如く魔法を駆使し、欲しいものと権力を手に入れる。

私が推奨した『魔法訓練運動』も非常に好評で、数十名の若く職がない魔族たちが、人目につかない山野で魔法の訓練をするようになった。

じきに彼らも、魔族の本能に目覚めるはずだ。

さすがに私とて、魔族同士の争いを推奨しているわけではない。

我ら魔族が鍛錬で取り戻した魔法の行き先は、ずばり人間であった。

魔族が少子高齢化に悩むのに対し、人間たちはその数を爆発的に増やしている。

じきに生活する土地が足りなくなり、我ら魔族が住むこの亜大陸を狙ってくることは確実。

そこで我らが先制攻撃を仕掛け、人間たちを魔族の管理下に置くのだ。

ただ、このことをいくら政府や金持ちたちに説いても、彼らは人員や経費の問題、道義的な問題を理由に賛同しなかった。人間にも話がわかる者たちがいるので貿易で利益を得ればいいと言い放ち、誰一人将来の危機について言及しなかった。

たとえ今金がかかろうとも、軍人が足りなかろうとも、素早く決断、行動することが大切だというのに……。

これだから、目先のことしか考えない、平和ボケした間抜けな政治家たちは！

そこで私は、自らが行動することにした。思いきってこの国を出ることにしたのだ。

いつまでもこの国に留(とど)まっていては、私たちまで堕落してしまう。

聞けば、自らの研究のために人間の大陸に不法出国した者がいるとか。

しかも彼は、罰せられなかったとも。

そこでこの一ヵ月ほど、野外での魔法訓練を厳しくし、節約に節約を重ねたお金で日持ちする食料をできる限り購入。

サポーター会員たちにも寄付と参加を募り、今日は晴れて外の世界に出る記念の日だったのだが……。

私の右腕であるカイツェルの報告によると、サポーター会員の参加者はゼロであった。

「事前に参加を呼びかけた時には、多くの者たちが自分も参加すると言っていたのに……」

「寄付金は？」

「これも思っていたよりも少ないです」

なんとも寂しい結果となってしまい、カイツェル以下の同志たちが不安の表情を浮かべるが、私はこの程度のことではくじけない。

「みんな、確かにこの少人数では不安かもしれない。だがな。大業を成す時、ただ多くの人が集まればいいというものではないのだ。『烏合(うごう)の衆(しゅう)』とはよく言ったものだ。たとえ多くの人たちが集まっても、互いに足を引っ張り合い、その中で主導権争いを始めたり。それが原因で大業を成せなかった者は過去に沢山いる」

「確かに、そういう魔族の王は昔いましたね」

「そうだ、カイツェル。ただ数が多ければいいというものではないのだ。私はこの状況をまったく悲観していない。なぜなら、私やカイツェルを含め、ここに集まった十名は、能力も、決断力も、やる気も兼ね備えた、真の精鋭たちなのだから！」

「「「「「「「おお――っ！」」」」」」」

「我ら十名は魔力量も多い！　外の世界、すなわち人間の領域では、魔力量が多い魔法使いは世間から重要視され、地位と富を得られると聞く。つまり我々は少人数でも、外の世界ならば大いに活躍できるというわけだ」

「確かに、我ら十名がいれば数百、数千の人間などものの数ではありません」

「カイツェルの言うとおりだ」

「それで同志オットー。我々はこの国を出て、人間が住むリンガイア大陸でなにをするのですか？」

「たとえば、どこかの土地を占領して新しい魔族の国を作る。人間の指導者たちに魔法の実力を売り込み、我らを雇ったら傀儡（かいらい）としてしまい、実質的に人間の土地を征服する」

「「「「「「「おおっ！」」」」」」」

「だが、それはまだ時期尚早と思われる。まず我々は、他の大きな力を手にしなければならないのだ」

「同志オットー、その力とは？」

みんなを代表して、カイツェルが私に質問をした。

「実はこんなものを古書店で購入した」

それは、たまたま見つけたものであった。

羊皮紙に書かれた大変古い資料だったが、それはリンガイア大陸において一万年以上も昔に滅んだ古代魔法文明跡地の調査報告書だったのだ。

昔の魔族たちは、一夜にして古代魔法文明が滅ぶと、積極的に調査団を送った。

その時の資料がまだ残っていたのだ。

「同志オットー、よくそんな貴重なものが見つかりましたね」

「古書店に捨て値で叩(たた)き売られていた。最近の魔族は、金さえ儲(もう)かればそれでよしとする風潮だからな。古い魔族の価値観や文化が廃(すた)れていく一方だからこそ、このような貴重な資料が町の古書店で叩き売られているわけだ」

そのような嘆かわしい風潮も、私が大業を成せば解決するはずだ。

「で、その資料にはなんと書かれていたのです？」

「これによれば、彼らはリンガイア大陸のみならず、その北にある氷の大陸も調査したようだ」

「その氷の大陸にも、人間が住んでいるのですか？」

「さすがに定住している者は非常に少なく、民間人はゼロ。国がなにかの意図があって、農業もできない氷の大陸に拠点を置いていたようだ。だがそれも、古代魔法文明が崩壊してしまえば、氷の大地で生活するのに必要なものが輸送されなくなってしまう。崩壊をもたらした大爆発の直接的な被害は受けなかったが、彼らはリンガイア大陸に戻ることになってしまったそうだ。以後は無人と、資料には書かれている」

「同志オットー、もしかして我々はその無人の氷の大地に向かうというのですか？　なんの目的で？」

「確かにその氷の大地には、生活目的で定住している人間はゼロであった。だが、そのぶん無人で人目につきにくいという利点がある。そこで、国家や軍が秘密兵器の開発や生産をしていたとしたら？　資料にはこう書いてある。『極北の永久氷河の下に……』。残念ながら、そのあとは文字が擦り切れていてよく読めないが、我らの新しい力の源泉が見つかる可能性が非常に高い。極寒の地なので大変だとは思うが、我らならきっと極北にある力の源泉を回収できるはずなのだ。私はそこに向かおうと思う。同志諸君はどう思う？」

「私は賛成です」

カイツェルならば賛成してくれると思った。

「俺も賛成です！」

「僕も！」

「私も！」

私の提案を全員が賛成してくれた。

「ならば、あとは実行するのみ！　このように腐り切ったゾヌターク共和国になど未練はない！我々こそが古のような力強き魔族として復活し、この世界を征服するのだ！」

「「「「「「「「おおっ！」」」」」」」」

たとえ人数が少なくとも、我ら十名ならばどのようなことでも成し遂げられるはずだ。

最初の目標は、極北の大地。

ここで、古代魔法文明の遺産である我々の力の源を必ず手に入れるのだ！

＊　＊　＊

「帝国も、ようやく内乱による混乱が収まりつつあり、国内の復興も順調で、さらなる成長が見込める現在。北の大地の可能性……移住も含めて経済的な利用方法については、内乱以前より政府内で検討されてきた。残念ながら、人間が住むには非常に難しい土地のようだな」

「ブルドン伯爵、このように分厚い永久凍土に覆われた岩盤質の大地では農業すら難しい。漁業資源と、あとは有望な鉱物資源が出るかどうかだな。領土拡張、植民の本命は、東の大陸になるはずだ」

「しかしながらハルト子爵よ。東の大陸はヘルムート王国も狙っているはずだ。急がねば、帝国は厳しい状況に追いやられるだろう」

「東の大陸は、西の魔族の大陸よりも距離が離れている。それに、ヘルムート王国の本命は南の大陸であろう。例のバウマイスター伯爵……いや、辺境伯になったのか。彼は自ら兵を進め、南方の多くの島々を併合したとか。ヘルムート王国の狙いは、南の大陸への植民支援をバウマイスター辺境伯家にさせることだろうな」

「帝国では、南の大陸に手が出せないからな」

「それにしてもバウマイスター辺境伯か……。噂では、南の島で異民族の娘たちを妻にしたとか……」

「先の内乱のあと、フィリップ公爵家のご隠居を実質、妻として扱っているとも聞く。帝国内乱時の活躍もそうだが、今最も注目を集めている貴族であろうな」

「そのフィリップ公爵家のご隠居も娘を産んだと聞く。帝都の大貴族たちは、どうにか自分の息子や孫の妻として迎え入れられないかと、裏で色々と暗闘しているよ。陛下からすれば、それは是非ともやめてほしいところだろうな」

「内乱が終わったばかりだというのに、皇宮の雀たちは相変わらずだな」

「我らはあそこが嫌で、この極寒の地での探索を志願したのだからな」

「それはそうだ。連中につき合うくらいなら、氷の大地の探索の方が遥かに有意義なのだから」

陛下より北の大陸の探索を命じられた、私ブルドン伯爵とハルト子爵は、大陸南端部にある海岸付近にベースキャンプを建設することに成功した。

とはいえ、大半が氷に閉ざされたこの大陸では農作業などできない。

穀物や野菜は、定期的に魔導飛行船で補給してもらわなければならないのだ。

幸いだったのが、豊富な漁業資源と、この北の大地にも動物たちがいたことだ。

体内に魔石を持っていなかったので動物と判断したわけだが、ベースキャンプから探索隊を出せば、魔物の領域も見つかるかもしれないな。

「ブルドン伯爵、北方の探索には大いなる困難がつきまとうであろう。事前の準備は用意周到に行わなければな。陛下にも報告をあげなければ」

「そうだな、探索に魔導飛行船を使えないのが辛い」

この極寒の大陸は、数時間おきにすさまじいブリザードに襲われる。

晴天の時ならば問題ないが、もし飛行中の魔導飛行船がブリザードに巻き込まれれば、確実に墜落してしまうであろう。

このベースキャンプがある南端海岸付近しか常時魔導飛行船を運用できないのだ。

「補給が途絶える心配がないという点だけはありがたいか」

「将来的には、このベースキャンプを漁業基地として整備するとして、あとは大陸の内陸部に有望な鉱山でもあればいいのだが……」

「それは調査してみないとなんとも言えないな。魔導飛行船が使えないとなると、探索隊の移動は犬ゾリしかないか」

「フィリップ公爵から、多くの狼犬(おおかみいぬ)を売ってもらえて助かったな」

「狼犬は寒さに強いし、大型なのに持久力もある。内乱では用いられなかったが、フィリップ公爵家諸侯軍の『犬ゾリ部隊』は有名だ」

「犬ゾリを扱う御者も貸してもらえたから、準備が終わったら複数の探索隊を出して、まずは地図を作る」

この北の大陸の所有権が帝国である証拠として、地図の作成は絶対に必要であった。

我々の最も大切な仕事というわけだ。

私もハルト子爵も、代々帝国軍において測量や地図の作成に関わってきた者たちの子孫であるが、その仕事には多くの危険が伴う。

魔物の領域に入ることもあるし、未開地の動物には危険な種類も多い。

なにより、いくら同じ帝国に属する貴族とはいえ、勝手に自分の領土の地図を作られて気分がいい者など一人もいない。

そのため、在地貴族が我々の抹殺を図るため、事故、魔物や凶暴な動物の襲撃、無人の土地に潜伏していた犯罪者たちによる殺害などをでっち上げたりすることが稀にある。

ヘルムート王国とは二百年以上も前に停戦しているが、お互い密かに人を送ってギガントの断裂の向こう側の地図も作っている。

その目的は、いつかあるかもしれない戦争に備えることだ。

地図作りなどインテリの仕事だと思われそうだが、実際作っているのは我々のような、帝国軍でも武闘派として知られているような者たちなのだ。

直接戦場に出るわけではないので世間からはそうは思われていないが、地図作りには危険が多く、先祖の中には殉職した者も少なくない。

それほど、地図の作成とは困難なものであり、国家にとって重要なものなのだ。

特殊な技能のため、内乱中においても我らは『完全中立』を保っていた。

ニュルンベルク公爵ですら、我々には手を出さなかったほどだ。

内乱でどちらが勝とうとも、我々が有する地図作りの技能は必ず必要となるのだから、当然といえば当然か。

「今の我々の任務は、一日でも早くこの氷に覆われた大地の地図を作成することだ」

「急ぎ準備を進めるか」

「そうだな」

あとは、定期的に陛下に報告書を送るのを忘れないようにしなければ。

なにしろ有力なスポンサー様だからな。

中央の雀たちがピーチク、パーチクうるさいと聞くが、皇宮の中で我らを無能呼ばわりできても、彼らがこの極寒の大地に来て探索するなどあり得ない。

王国にもそういう貴族がいると聞くが、無視するという対処方法のみは同じであった。

「あの連中と関わり合いにならずに済むだけ、この北の大地に来られてよかったな。噂のバウマイスター辺境伯は、我らよりも大変そうだがな」

王城でも皇宮でも、雀たちは他人にケチをつけることしかしないのだから。

「そうだな。きっとヘルムート王国の測量者たちも、同じように思っているんだろうな」

「そういえば、ヘルムート王国が臨時の親善友好団を派遣するという噂を聞いたが」

「五年に一度定期的に行われているやつは、内乱に巻き込まれてしまって、まったく友好の役に立たなかったからな。噂では、両国間の交易量が増えてきたから、実務者レベル以上の相互来訪をもっと増やすらしい」

「それは知らなんだ」

こんな北の大地にいるのに、ハルト子爵は耳が早いな。

「魔族の国との外交交渉の件もあるからな。これは非公式だが、その件で以前陛下がこっそりとヘルムート王国を訪ねたらしい。そのお返しとして、ヘルムート王国のヴァルド王太子殿下を団長とする親善友好団が派遣されるそうだ」

「両国の友好関係が続けばいいな」

我々が地図を作るのは戦争に備えてだが、使われずに済めばそれに越したことはない。

「ヘルムート王国の王太子殿下が帝国にねぇ……。皇宮の雀たちは大騒ぎだろうな」

「どうせ騒ぐだけで終わりだ。我々は陛下に正確な報告書を送りつつ、探索隊を発進させる準備を進めることにしよう」

「それがいい」

それにしても、臨時の親善友好団か。

ヘルムート王国の王太子殿下は、随伴にどんな貴族を連れてくるのかな？

バウマイスター辺境伯？

彼も忙しいだろうからなぁ。

フィリップ公爵家のご隠居との間に生まれた娘の件もあるから、わざわざこの時期に帝都を訪れることはないか。

＊　＊　＊

「ヴァルド、親善友好団の準備は大丈夫なのか？」

「順調に進んでおります」

「そうか。ならいいのだが、現状、余や閣僚クラスの参加はできない。この手の行事の成果は長い目で見るもの。次の国王たるそなたと、将来この国を動かすであろう若い貴族たちを多数参加させれば、ペーター陛下や彼の家臣たちとの人脈ができ、将来色々と交渉がやりやすくなるというわけだ。できれば一人ぐらい大物が参加してほしいのだが、今の状況では贅沢(ぜいたく)は言っていられないな」

「父上、それでしたらバウマイスター辺境伯を参加させましょう」
「バウマイスター辺境伯か……かの者は忙しいからのぉ。大丈夫か？」
「だからこその、新善友好団への参加です。彼にはこれからも長い間、王国のために働いてもらわなければなりません。親善友好団に入れてしまえば、彼も多少は骨休めできるでしょう」
「なるほど。親善友好団では、あまり実務的な協議もないからな。あくまでも、両国の友好を帝国の貴族や民たちに見せつけるためのもの。それに、バウマイスター辺境伯はペーター陛下とは戦友同士で仲がいいと聞く。さらに閣僚クラスの大物でもある。彼の参加はいいかもしれないな」
「それでは、そうさせていただきます」

実は水面下で、ヘルムート王国王太子である私を団長とする親善友好団の、アーカート神聖帝国行きが計画されていた。

前回の親善訪問団が、先代皇帝陛下の急死や内乱のせいで中途半端な結果に終わってしまったため、その代わりというわけだ。

さらに、王国と帝国には協議しなければならない内容が増えていた。

五年に一度の親善訪問団では対処できず、これからはもっと短いスパンで両国の首脳部が顔を合わせる機会を作る必要があった。

今回の親善友好団は、その試金石というわけだ。

親善友好団の編成や、出発準備の進捗（しんちょく）状況などを父に報告した私は、王太子である私の他に重要人物を参加させた方がいいという忠告を受けた。

だが父は言うまでもなく、閣僚クラスの大貴族たちは魔族の件もあってますます忙しく、親善友好団に参加する余裕がない。

それに親善友好団の派遣は、将来王国を動かすであろう有望な若手が、やはり将来帝国を動かすであろうペーター陛下や若手貴族たちと顔を合わせるために計画された行事だ。

重鎮といえど年寄りを参加させてもあまり意味がなく、それはこの親善友好団のあとの話だ。

とはいえ、一人ぐらい大物貴族がいなければ親善友好団が軽く見られてしまうかもしれない。

そこで私は、バウマイスター辺境伯の参加を提案した。

彼は若いし、ペーター陛下と知己なのも好都合だ。

そしてなにより……。

「(ヴェンデリンと他国に旅行！　なんて素晴らしい！　これぞまさに友人同士というもの！)」

部屋に戻った私は一人ベッドの上で、自分の策が成った喜びを噛みしめていた。

大声で騒ぐと妻と子供たちに聞こえてしまうかもしれないので、心の中ではしゃぎ続ける。

「(友人と旅行に行く！　それも他国！　楽しみではないか！)」

ヴェンデリンと一緒に旅行、しかも行き先は外国だ。

これでもう、私とヴェンデリンが親友同士であるという事実を疑う者は一人もいなくなるはず。

ヴェンデリンの親善友好団への参加を父が認めてくれて、私は心から安堵していた。

「(ペーター陛下や若手貴族たちとの面談などの行事はあるが、スケジュールに関してはかなり余裕をもって作ってある。つまり……)」

空いた時間にお忍びで、ヴェンデリンと帝都観光や庶民向けの食事やデザートなどを楽しむことができる。

さすがに今回は、私の専属料理人は同行させられない。

いつもの『将来の王に相応しい食事』ではなく、帝国の名物料理を思う存分堪能できるというわけだ。

「(どこに出かけようかな？　そうだ！　今のうちに帝都の観光ガイドを入手しておこう！)」

旅先ならば、うるさい連中のコントロールが甘くなるはず。

その隙を突いて、ヴェンデリンとお忍びで帝都観光を楽しむのだ。

「(楽しみになってきたなぁ。あとは……)」

親善友好団が出発するまでに、溜まりに溜まった仕事をすべて片付けておくことにしよう。

せっかく外国に出かけているのに、『この件についてですが……』などと聞かれでもしたら、せっかくの旅行が興ざめではないか。

「(ヴェンデリンが、『そんな話は聞いていませんでした』なんてことにならないよう、万全を期さなければ)」

一刻も早く、ヴェンデリンに親善友好団への参加命令を出しておこう。

「(ヴェンデリンも忙しいだろうからな。早めに伝えて、溜まった仕事を片付けてもらえば……)」

憂いなく、外国で楽しく親友と観光できるというものだ。

「(今から楽しみだなぁ)」

もうワクワクしてきたな。

楽しい帝国訪問となるよう、私も気合を入れて仕事をこなしておこう。

「え？　また？　ローデリヒ、親善訪問団はもう終わっただろう。途中で内乱に巻き込まれて散々だったんだけど？」

「親善訪問団ではありません。『親善友好団』です。なんでも、これからは両国間の相互訪問の機会を増やすそうで。まずはヴァルド殿下を団長とし、多くの若手貴族たちを連れて帝国を訪問して様子を見るとか。特に問題がなければ、閣僚や大貴族たちの帝国訪問の機会がもっと増えると聞いております」

「その親善友好団に俺も参加しろと？　しかもヴァルド殿下の命令？」

「はい。先ほど王城より届きました命令書によれば、そのようにと」

「若手貴族……俺かぁ」

＊　＊　＊

夕方。

この日も魔法による土木工事を終えて屋敷に戻ると、ローデリヒがヴァルド殿下からの命令書を持参した。

なんでも、彼を団長とした帝国への親善友好団が派遣されるそうで、それに俺も参加するようにと言われたのだ。

「第一陣なので、まずは将来王国で要職に就くであろう若い貴族たちが優先のようです。陛下でなくヴァルド殿下が団長なので、将来を見越してのものでしょうね」

「で、俺かぁ……」

「お嫌ですか？　拙者は、『わ――――い！　外国で遊べるぜぇ！』と、お館様は大喜びするものだと思っていましたが……」

「俺は子供か！」

さすがに、ローデリヒに突っ込んでしまった。

「俺も普段なら、親善友好団への参加を喜んだと思うよ。でもなぁ……」

「でも、なんでしょうか？」

「フリードリヒたちは毎日成長しているんだ！　その顔が見られないなんて！」

俺は思うんだよ。

この世界の人たちは、子供が生まれたばかりの人に対してどうしてこんなに冷たいのかって。

ローデリヒがスケジュールを組んでいる毎日の仕事は夕方までに終わるからいいとして、泊まりがけで仕事に出かけたら、毎日フリードリヒたちの顔が見られないじゃないか。

「本当は産休を取りたいのに、それを我慢して、毎日このバウマイスター辺境伯領のために頑張って魔法を使っているというのに……今帝国に行くのは勘弁してほしい」

その気になれば、いつでも行けるのだから。

フリードリヒたちが大きくなったら、家族で帝都観光とかいいなぁ。

「あの……産休って、男性はそんなお休みは取れませんが……」

「だから俺は我慢しているじゃないか。本当は三年ぐらい産休を取りたい気分なんだ」

「屋敷のメイドたちでも、三年間も産休なんて取りませんよ。一年がせいぜいです」

それもそうか。

現代地球だって男性が産休を取ることについて賛否両論だってのに、この世界ではもっと難しくて当然だ。

「だいたい、お館様が産休を取ったところで、子育てではなんの役にも立ちますまい」

「……お前、容赦ないな……」

確かに、俺には子育ての経験はないに等しいけど……。

俺は一応、主君なんだがな。

「お館様が自ら子育てをされるよりも、得意な魔法で領内の開発をした方が、みんなの幸せに繋がるのです。この世には適材適所という言葉がございます」

「……」

ローデリヒの言うことが正論すぎて、俺はなにも言い返せなかった。

「エリーゼ様たちへのご負担なら心配ご無用。そのためのメイドたちです！」

「……」

そういえばそうなんだよな。

そうでなければ、あれだけ多くの赤ん坊だ。

負担が大きすぎて、エリーゼたちが倒れてしまうものな。

元々サラリーマン家庭で育ったせいか、赤ん坊の世話をベビーシッター……メイドたちに任せるという感覚がいまいち理解できなかったのだ。

「というわけですので、お館様はフリードリヒ様たちの健やかな成長と将来のために、親善友好団にご参加いただけたらと」

「ちょっと長くなりそうだなぁ……」

「いや、お館様なら、空いた時間に『瞬間移動』でこのお屋敷に戻ってくればいいのでは？」

「それもそうだな」

他の参加者たちは知らないが、俺には『瞬間移動』があるからな。

たとえ遠方の工事現場からでも一瞬で屋敷に戻れて、フリードリヒたちの顔が見られるという寸法だ。

となると、それ以外の時間は仕事もせず、帝国で沢山遊べるのか？

親善友好団は若手貴族ばかり参加していて、実務者協議なんてないに等しいらしいから。

「(なんか楽しみになってきた。ペーターたちと遊びに行こうかな)ヴァルド殿下からの指名ならば仕方がないな。これも貴族の責務というやつだ」

たとえ半分お遊びのような親善友好団でも、王太子殿下からの参加命令では拒否するわけにもいかないのだから。

「そうですか。お引き受けいただけますか。よろしゅうございました。では、明日よりのスケジュールを変更させていただきます」

「えっ？　スケジュールの変更？」

「はい。親善友好団に参加なされるとなれば、普段の領内における土木工事の類が止まってしまいますから。お館様には、出発の日まで大いにご活躍いただけませんと」

「マジで？」

俺、これ以上働かされるの？

「考えてみれば、お館様は『ライト』も使えますので、夜の時間帯も問題なく働けるはずです。魔力回復のため、睡眠時間は確実に確保いたしますが。お休みは、親善友好団の時にごゆっくり」

「そんなぁ……」

「ゆっくりと帝国をご堪能くださいませ」

こうして俺は親善友好団が出発するまでの間、ローデリヒから寝る時間以外のすべてを、バウマイスター辺境伯領発展のために働かされることとなった。

食事、風呂、就寝以外はすべて仕事が詰まっており、これは労働基準法違反なのではないかと思ったりもしたのだが、残念ながらこの世界に労働基準局は存在しない。

あっ、そもそも俺は貴族なので労働者ではないのか……。

ハローワークに行って転職情報を探すわけにもいかず、俺は可愛いフリードリヒたちのため、親善友好団出発の日まで休みなく働き続けることになってしまうのであった。

「そういえばお館様は、『瞬間移動』で帝都に行けるのでしたね。ヴァルド殿下たちの船に乗る必要はないので、行きの行程の二日分多く働けますよ」

「………えっ？」

「お館様、この世で時間ほど大切なものはないのですから！」

「……」

俺はこの時ほど、ローデリヒを鬼だと感じたことはなかった。

＊　＊　＊

「美味しいお菓子よし！　お茶よし！　ゲームもあるぞ。この王都から帝都まで向かう二日間、ヴェンデリンと楽しく遊ぶ準備を怠らないようにしないと」

王都から帝都へは魔導飛行船で行くのだが、船旅とくれば、友人と食事やティータイムを楽しみつつ取り留めのない話をしたり、ゲームをして遊んだりするものだと、本に書いてあった。

王太子である私はこれまでそんなことをしたことはないので、なによりも楽しみにしていたのだ。

「早くヴェンデリンが船に乗り込んでこないかなぁ」

二日間、友人と過ごす船旅。

本当に楽しみだな。

さすがに航行中の魔導飛行船の中では、追加の書類がやってくるなどということはないので、これが最大のチャンスであった。

船に乗る前にすべての書類を片付けておけば、二日間ヴェンデリンと楽しい船旅を楽しめるというものだ。

「旅の途中で語らい合い友情を深め合う。楽しみだなぁ」

親善友好団の団長になった私だが、帝国では実務的な仕事はほとんどない。

帝国首脳陣に次の王となる私の顔を覚えてもらい、あとは両国の若手貴族たちが参加する懇親会を取り仕切るぐらいであろう。

そして残りの日程は……。

「ヴェンデリンと帝国観光を楽しむ！　そして深まる友情！　素晴らしいではないか！」

すでに親善友好団に参加する多くの若手貴族たちが船に乗り込み始めているので、すぐにヴェンデリンもやってくるはずだ。

一刻も早く、二人で楽しい船旅を満喫したいものだな。

ああ、早くヴェンデリンが船に乗り込んでこないかな？

第二話　親善友好団

「あっ、ヴァルド殿下！　ちょうどほぼ同時刻に到着したみたいですね」

「そうみたいだね……。ヴェンデリンはやはり忙しいのかな？」

「ええ、なまじ『瞬間移動』が使えてしまうと、わざわざ船旅をする必要なんてないだろうみたいな話になってしまうんですよ。あと、家宰のローデリヒが人使いが荒くて」

「そうなのか……領地の開発は大変だな」

「ええ、元々なにもなかった未開地ですからね。ローデリヒがどんどん仕事を持ってくるんですよ」

「そうか……そうだな。バウマイスター辺境伯領は、将来ヘルムート王国が南方開拓をするために必要な重要拠点となる。開発に手を抜けないか……（おのれローデリヒ、真面目に仕事しすぎだろう！）」

「えっ？　なにか？」

「いや、なんでもない……さあ、迎賓館に行くとしようか」

『瞬間移動』で帝都に到着した俺は、急ぎ港へと向かった。

すると、ちょうど魔導飛行船から降りてきたヴァルド殿下との合流に成功し、彼に現地合流になってしまった件を謝るのだが、それほど怒っていないようでよかった。

『本当はノンビリと船旅をしたかったのに、ギリギリまで領内の開発をしていたので遅れました』『全部ローデリヒという奴が悪いんです』という事実をありのままに語る俺は、正直者ではあるのだけど、大貴族という、人の上に立つ者としては微妙である。

事実なのだが、部下のせいにするところが小物っぽい。

とはいえ、それが生まれついての性格なので仕方がないのだ。

それに、俺がヴァルド殿下の不興を買うよりも、ローデリヒが買った方がバウマイスター辺境伯家的にはマシ……そんなわけないか……。

次にヴァルド殿下がバウマイスター辺境伯領にやってきた時には、ローデリヒは隠しておくか。

無事合流を果たした親善友好団の一行は、帝国の騎士たちに護衛されながら迎賓館へと移動を開始した。

まずは帝国皇帝であるペーターと謁見し、そのあとは昼食も兼ねた立食形式の歓迎パーティーが行われる予定……だったよな？

途中合流なうえに、日程もうろ覚えなのでいまいち自信がなかった。

「よくぞ参られた。歓迎の宴を楽しんでもらえると嬉しい」

当たり前だが、こういう時のペーターはまさしく帝国皇帝といった感じだ。

その傍に立っているエメラも凄腕の魔法使い然としており、ペーターの内縁の奥さんには見えない。

自分たちの足を引っ張ろうとする大貴族に対し、隙を見せないようにしているのだろう。

「お初にお目にかかります、陛下」

「ヴァルド殿下、我らは年齢も近く、共に国を背負って立つ身。仲良くできると嬉しい」

「こちらこそ是非そうさせていただきたい。それこそが両国の平和と発展のためになるのですから」

先日、極秘裏にバウマイスター辺境伯領の海岸で顔合わせをしているが、そんなことはおくびにも出さないヴァルド殿下。

二人の若き国家指導者たちの、公での振る舞いはさすがといった感じだ。

俺には真似できんな。

なんて思っているうちに、迎賓館に案内されて昼食を兼ねた立食形式のパーティーが始まった。

親善友好団に参加した多くの若い王国貴族たちと、帝国の若い貴族たちが、お酒、食事、デザートを楽しみながら歓談を続けている。

ヴァルド殿下もペーターもパーティーの主役なので、あちこち回って主だった貴族たちに挨拶をしていた。

なお俺は、一人で料理とお菓子を楽しんでいる。

えっ？　挨拶に回らないのかって？

いやだって……よく知らない人がいっぱいいるし……。

これまではちゃんとやっていたはずだって？

その時は、傍にエリーゼたちがいたから。

とにかく俺は貴族の名前を覚えないから、エリーゼがいないと、大半の貴族がどこの誰なのかよくわからないのだ。

その人が誰なのかを知らないくせに、知っている素振りで話をして、もしそれがバレると失礼に当たる。

それなら、最初から話しかけなかった方がマシだったという結論に至ってしまうため、ならば俺は、パーティー会場で壁の花になることにしたのだ。

どうせ、一人ぐらい大物がいた方がいいだろうというだけの理由で選ばれたのだから、俺にそこまでの活躍は期待していないだろう。

実務的な話はないのだから、俺はただここにいればいいのだ。

オリンピックと同じで、参加することに意義がある。

「ふむふむ。これはフィリップ公爵領の河川に遡上(そじょう)するマスで作ったマリネだな。付け合わせの粉吹きイモは小ぶりのものでバランスがいい」

さすがは帝国政府主催のパーティーだ。

帝国中の海の幸や山の幸が集められ、それを一流の料理人たちが調理した豪華な料理が出されており、俺はそれらを大いに堪能していた。

誰かが話しかけてくることも想定していたのだけど、意外と誰も話しかけてこないものだな。

よくよく考えてみたら、俺は魔法使いとしての性格が強い。

この歓迎パーティーに参加している人たちは主に貴族であり、魔法使いがほとんどいなかった。

ゼロではないが、初級レベル程度の人が多く、俺に話しかけにくいのかもしれないな。

ブランタークさんがいれば……彼は若手でもないし、貴族でもないから招待されていない。

俺もそこまでコミュニケーション能力に優れているわけではないので、同じ魔法使い同士で親善を深め合って……とはならないようだ。

初対面の人って、話しかけづらいじゃん。

「ふむふむ……このローストした肉は美味しい」

このパーティーで壁の花になることを決めた俺は、あちこちのテーブルを回って料理やデザートを楽しむことにした。

しかし君たちよ。

たまに、俺を見ている帝国の若い貴族たちがいるけど、気持ちはよくわかる。

興味があって話しかけたいのだけど、なかなか決断できないといったところであろうか。

俺が先に声をかけるかもしれない、なんて可能性に期待してはいけないぞ。

だって、俺も君たちと同じくモジモジ君なんだから。

「北の海の幸は美味いなぁ。白身のお刺身をカルパッチョにしてあるが、臭みもなく新鮮で実に美味だ。おおっ！　お寿司のコーナーがあるじゃないか！」

これも、ミズホ公爵家の力が増したからであろう。

たかがパーティーの料理と侮ってはいけない。

わざわざミズホの料理を王国貴族たちに振る舞うということは、帝国とミズホ公爵家との関係性のよさをアピールするのが狙いだからだ。

「（なんて穿ちすぎかな）おっ！　蕎麦もあるじゃん！」

肉と魚の料理を沢山食べたので、シメのお蕎麦はありがたい。

小さなお椀に入っているので、スルスルと食べられてしまうな。

「(おかわりの誘惑はあるが、最後のデザートを忘れてはいけないからな)」

ただ、魔の森を抱えるバウマイスター辺境伯領とは違ってフルーツの種類は少なめかな。

チョコレートも使われていないが、やはりここでミズホのお菓子が目についた。

ほぼ和菓子と一緒なので、とにかく食べやすい。

「この水饅頭は、餡の甘さが控えめで美味しい。お汁粉もあるぞ！」

親しい人もほとんどいないパーティーでどう過ごすか、最初は心配だったけど、始まってしまったら料理とデザートに集中できたので、意外と時間は早く経っていた。

「明日からは帝都観光だな。久々の休みを一人で満喫するぞぉ――」

どうせ俺一人が頑張ったところで、急に帝国と王国が親密になるわけでもないし、他の出世したい若い貴族たちが頑張るはずだ。

俺は、久々の帝国を楽しむことにしよう。

「やあ、ヴェンデリン。君は一人でなにをしているんだい？」

「帝国の美味しい料理を堪能している」

ペーターと同じく、主だった王国貴族たちに挨拶をしていたアルフォンスが俺に話しかけてきた。

帝国皇帝を補佐する、選帝侯フィリップ公爵という仕事もなかなかに大変なようだな。

テレーゼも大変そうだったからな。

「ええと……誰か、私以外の帝国貴族と話をしたかな？」

「全然」

だってさぁ。

いきなり知らない人に話しかけるのは緊張するじゃないか。

「……いや、あの……バウマイスター辺境伯が今回の親善友好団に参加するという情報が流れたとき、帝国貴族たちはちょっとした大騒ぎだったんだけど……」

「ああ、それはアレだ」

俺たちは帝国内乱に参加して、かなり活躍した。

これは間違いのない事実であり、大きな武功がある貴族は一目置かれるものだ。

そんな俺が親善友好団に参加すると聞けば、帝国貴族たちは大騒ぎして当然であろう。

だが……。

「ニュルンベルク公爵たちはともかく、俺は多くの魔法使いと兵士たちを討ち取った。もしかしたらあの貴族たちの中には、自分の友人や親戚を討たれてしまった者たちもいるかもしれない。向こうからはなかなか声をかけにくいんじゃないのかな？　加害者である俺から声をかけるというのもどうかと思う」

だから俺がパーティーで壁の花となり、一人で黙々と帝国のグルメを楽しんでいても、なんらおかしなことではないのだ。

むしろ、日本人的な配慮に満ち溢(あふ)れていると思う。

「むしろ感謝してほしい！　俺は今回の親善友好団が失敗しないよう、大人しく料理とデザートを楽しんでいるのだから！」

そう！

俺は、今できる最適解の行動を実践しているのだから！

「まあ言い訳はなんとでもって感じかな……。実際にあの中には、親族を君に討たれてしまった貴族がいないわけでもないから……」

アルフォンスと話を終えた俺は、デザートであるミズホのお菓子を堪能した。

いやあ、実に美味しいパーティーだったな。

「ヴェンデリン、パーティーを楽しめたようでなによりだが、もうちょっとこう、なんとかならなかったのかな？」

「なんとかって言われましても、なにしていいのか……。パーティーの料理とデザートは美味しかったです」

「まあいいんだけどね……」

ひとしきり楽しんだ俺だが、お開きになったあとヴァルド殿下から苦言を呈されてしまった。

そういえば、普段は存在感がないことで知られる彼ですら、側近たちを連れて、ペーターをはじめとする多くの帝国貴族たちに挨拶していたのを思い出した。

でも、なにか政治的な役職に就いているわけでもない俺が、特に目的もなく帝国の貴族たちと挨拶してもしょうがないような……。

あの中には、内乱で俺に親族を討たれた人もいるかもしれず、どうせ友達になれそうにないのだから。

「俺は、エリーゼたちがいないとこんなものですって」

「帝国貴族たちの注目を集める中で、出された料理とデザートを一人で悠々と全力で楽しんでいたから、みんなヴェンデリンを畏怖していたようだけど」

「意味がわからないです」

俺はただ、パーティーで出された料理とデザートを心ゆくまで楽しんでいただけなのに……。

「ヴェンデリン。普通、これまでの王宮筆頭魔導師およびその候補者は、親善訪問で開催されるパーティーでは、顔を売るためにあちこち回るものなんだ。特に候補者はね。王宮筆頭魔導師は、帝国貴族たちに名の知れた存在の方がいいから、みんないい機会だと思って挨拶しまくるのさ」

なるほど。

王宮筆頭魔導師になるには、帝国でも名が知れていた方がいいのか。

「導師も、王宮筆頭魔導師になる前には、親善訪問団の際のパーティーで帝国貴族たちにアピールしていたんですか？」

「父によると、彼は予め親善訪問団に参加して名を売ったりはしておらず、王宮筆頭魔導師になってから参加したらしい。そしてヴェンデリンと同じく、パーティーではお料理とお酒とデザートに夢中だったとか。だから、パーティーに参加している帝国貴族たちは、同じ行動を取るヴェンデリンに畏怖したんだろうな。『次期王宮筆頭魔導師最有力候補』であるヴェンデリンが、導師と同じく、わざと自ら誰にも声をかけず、料理とデザートを楽しんでいるフリをしながら、自分たちを値踏みしていたのだと」

「……いや、色々と誤解だと思いますけど……」

それは考えすぎだろう。

俺はパーティーでボッチになって、ただひたすら料理とデザートを楽しんでいただけなのに、どうして勝手に凄い人認定されてしまうのか……。

「結果的にはオーライだったということかな。親善目的とはいえ、お互いに国家の威信というものもあるからねぇ。やはり、ヴェンデリンに参加してもらってよかった」

「はあ……」

いや、本当に俺はパーティーで料理とデザートを食べていただけで……。

しかも明日以降は、帝都を中心に何日か自由に遊べる嬉しさでいっぱいなだけなんだけど……。

「(まあいいか！)」

他人が、ちゃんと仕事をしていると勝手に思ってくれたのなら、ラッキーというものだ。

明日からは全力で遊ばないといけないから、今日は早く宿舎に戻って寝てしまおう。

第二話　ゴールデンカブトムシ

「ヴェンデリィ――――ン！　遊ぼうよぉ――――！」

「なんだ？　えっ？」

「親善友好団にかこつけた、せっかくのお休みだ。早く遊びに行こうよ」

「俺もそのつもりだったけど、ペーターはアクティブだなぁ……」

「皇帝なんて普段は忙しいんだから、この数少ない貴重なチャンスを逃してはいけないのさ」

「わかったから……あっ、その前に……」

「なに？」

「導師とブランタークさんを連れてくる」

「あははっ、あの二人もチャンスは逃さないようだね」

　翌朝、宿舎で寝ていたら、突然ペーターに叩き起こされた。

　すぐに着替えて遊びに行こうと言うのだが、さすがはテレーゼを出し抜いて皇帝になった男というべきか……貴重な休みは一秒も無駄にせずに遊び倒す計画のようだ。

　彼の後ろには、同じく普段着に着替えたマルクたちもいる。

　帝都で遊び回っていた平民皇子の護衛兼遊び仲間から、要職を任される身となったのだ。以前とのギャップが激しいだろうから、こういう時にストレスを発散したいのが心情なのだと思う。

ずっと真面目に仕事ばかりしていたら、ストレスでおかしくなってしまうからな。

「みな、考えることは同じなのである！　両国の親善はヴァルド殿下と若手貴族たちに任せればいいのである！　どうせ名前を売りたいだけの連中なのだから、一生懸命やってくれるのである！」

「そういう熱心な若い貴族たちを差し置いて、すでに名前が売れている辺境伯様が親善に勤しみすぎると、かえって恨みを買ってしまうからな。せっかくの休みを楽しんだ方がいいに決まっている」

自分たちも遊びたいから絶対に迎えに来いと事前に言われていたので、俺は『瞬間移動』で導師とブランタークさんを連れてきた。

導師は『若手』ではないし、ブランタークさんは『貴族』でも『若手』でもないが、ただ自分たちが楽しく遊ぶために俺とペーターに合流したわけだ。

さすがはチョイ悪オヤジ二人組だな。

自分の欲望に忠実だ。

「導師、久しぶりだね」

「陛下もお元気そうでなによりである！」

「とても忙しいけど、なんとか元気さ。さて、まずはどこかで朝食でもとろうかな」

「それなら帝都から出るのが一つの選択肢なのである！　どうしても帝都の中では人の目が気になるのである！」

「今さら熱心に、帝都の観光地なんか回ってもしょうがないからな。要は世俗を忘れて楽しめればいいんだろう？」

「導師、ブランタークさん。いいですね」

俺もその意見に賛同し、総勢十数名の男ばかりの集団は、帝都を出て近くにある魔物の領域へと向かった。

確かに冒険者気質が強い俺たちだ。わざわざ観光地なんて回らなくてもいいだろう。

みんな久々に冒険者の装備に着替えてから、魔の森近くの平坦な土地に野営用の拠点を作り、魔法の袋から取り出した食材で朝食を作り始めた。

この辺にはあまり人が来ないそうで、朝食の準備に加わっていない者は魔物の領域で狩りをしたり、食べられそうなものを採取したり、近くを流れる川で釣りをしたりと。

久しぶりに、普段の生活を忘れて楽しんでいるようだ。

男だらけのキャンプ大会、たまにはこういうのも楽しいな。

「エメラ殿が大事な時期だというのに、陛下をこのような場に誘って申し訳ありませんでしたな」

「ブランターク殿、僕のエメラは懐の深い女性なんだよ。それに信用もあるからね。ヴェンデリンみたいに、なにかイベントがある度に奥さんが増えたりしないからさ」

「正直なところ、色気もクソもない集まりですからな」

ペーターは言うまでもなく、マルクも……というか全員が妻帯者だが、今回の集まりで浮気を疑われることはないと断言する。

男性しか参加していないし、さすがの俺もこの状況で奥さんが増えるということはあり得ない。

フラグでもなんでもないぞ！

「むしろペーターの方が、次々と女性に言い寄られて奥さんが増えそうだけどな」

「ヴェンデリン、そこは上手くかわす方法があるんだよ。君は、その方面にだけはまったく才能がないよね」

「みたいだな」

とはいえ、さすがにもうこれ以上は……。

石を組んで作った竈に設置した鉄板がいい具合に熱されたので、用意していたベーコンを焼いていく。

朝食といえば、やはりカリカリのベーコンであろう。

「バウマイスター辺境伯領では、豚の畜産も始めたのか」

「新しい産業の創設も、領主の仕事だからな」

「そういうところは、ただ趣味に走っているように見せて、ヴェンデリンは真面目に貴族をしているよね。見習う点はあると思うよ」

熱された鉄板の上では徐々にベーコンが焼けていき、次はベーコンから滲み出た油を利用してホロホロ鳥の卵を目玉焼きにしていく。

ホロホロ鳥の目玉焼きは美味しいからな。

ベーコンと組み合わせれば最強だろう。

「陛下、魚が釣れましたぜ」

「木苺が採れたので、これをデザートに出しましょう」

「山菜が採れました」

ペーターの友人兼家臣たちは、不遇の時代は冒険者として生活費を稼いでいた。

みんな手慣れた動きで食材を集めており、それらも朝食で使われることになった。

「さすがにパンは焼かないけど、即位する前によく通っていたパン店から買ってきたものがある。カリカリのベーコン、ホロホロ鳥の目玉焼き、山菜はヴェンデリンが作ったミソシルの具に。釣れた魚も一緒に焼いているから、これも一人半尾ずつね。デザートは木苺で。たまにはこういう朝食もいいよね。考えてみたら、普段食べる朝食とそんなに変わりないか」

確かにいくら皇族や貴族だからって、朝から山海の珍味やステーキを食べる人はあまりいないかな。

同じようなメニューで、豪華な皿に載っているかどうかぐらいの違いだろう。

「それでも僕は、温かい料理が食べられるんだよねぇ」

「エメラさんがいるからか。それはよかったな」

「僕は、その点はツイていると思うよ。昔の皇帝が臣下から『一番のご馳走は？』と問われた時に、『熱々の料理に勝るものはない』って答えたぐらいだからね」

王様や皇帝というのは毒殺の危険があるので、信用できる料理人が調理したものでも、毒見役がチェックしたものしか口にできない。

先日のヴァルド殿下もそうだった。

ペーターの場合、エメラの魔法で毒物チェックができるので、食事に関しては比較的自由度が高いのだと教えてくれた。

「でもおかしいな？　今までの皇帝もペーターみたいに、魔法使いに料理の毒を『探知』してもらえばよかったんじゃないの？」

帝国にだって、王国のように優秀な魔法使いが沢山いるはず。

料理の毒の『探知』なんてそんなに難しいものでもないのだから、歴代の皇帝もそうしてもらえばよかったのに。

「そこは信頼度の差じゃないのかな？　帝国の場合、魔法使いは政府に所属していると考えるからね。皇帝個人との関係が少し希薄で、王国の王宮筆頭魔導師ほどトップと近い関係じゃないんだ。僕の場合、エメラとは随分と長いからね。今は奥さんだし」

「そういうことか」

ペーターが毎食温かい食事を食べられるのは、エメラの『探知』を信頼しているからなのか。

「今は？」

「このメンツで毒を盛られちゃったら、それまでなんじゃないの？　それに、エメラがいなくてもヴェンデリンがいるからね」

他国の貴族なのに、俺は随分と信用あるんだな。

「そもそもヴェンデリンの性格的に、せっかく作った食事に毒を混ぜるなんてことはしないだろうからね」

「確かにしないな、勿体(もったい)ない」

「でしょう？」

食べ物を、そういうことに使うのはよくないと思うのだ。

「今後ペーターが浮気でもしたら、エメラさんが食事に下剤ぐらい混ぜるかもしれないな」

「それは勘弁。ベーコンもいい感じにカリカリに焼けたし、目玉焼きも黄身が少し柔らかいぐらいの方が美味しいからね。さあ、食べようか」

みんなで、ペーターが買ってきたパンを齧りながら、鉄板の上で焼かれているベーコンや目玉焼き、焼き魚などを食べつつ、少し遅い朝食を楽しんでいた。

「辺境伯様、こういうのもいいな」

「ブランタークさんもですか？」

「奥さんと娘と食べる食事もいいけどな。こうやって外で食事をしていると、現役時代を思い出すってもんだ」

ブランタークさんも、現役冒険者であった時のことを思い出しているようだ。

「みんな、遠いところに来てしまったのである」


「「「「「「「「ええ……」」」」」」」」


導師は、今でも好き勝手やっていると思うんだけど……。

本人以外の全員が、そう思わずにいられなかった。

それを口に出さないのが、全員大人になった証拠かもしれないけれど。

「ただ外で、出来立ての食事を食べるだけでこんなに美味しいとはね。このあと、なにをする？」

「別に無理になにかしなくてもいいんじゃないの？　ここを拠点に自由にやればいいと思う。そのための休暇じゃないか」

「おおっ！　さすがはバウマイスター辺境伯殿」

マルクに感心されてしまったが、せっかくの休みなのだから、みんなそれぞれ自由にやればいいのだ。

休みだからといって、無理に予定を詰め込もうとするのはよくない風潮だ。

なぜなら、予定を大量に詰め込んでしまったら、それはもう休みではなくなってしまうのだから。

「自由にやれ！」

「「「「「「「「「お――――！」」」」」」」」」

俺の合図で全員が、それぞれ好き勝手に休暇を楽しみ始めた。

「ぷはぁ……自由になぁ」

「ブランタークの殿、この酒は素晴らしいのである！」

「だろう？　あまり知られていない酒でな。そんなに高くないのに美味しいんだよ」

「では某も、前に見つけたワインを開けるのである！」

「いいねえ。ツマミはどうするかな？」

「そのうち誰かが獲ってくるので、それまで酒を飲みながら待つのである！」

「それでいいか」

ブランタークさんと導師は、お互いにとっておきのお酒を出し合って酒盛りを始めた。

「マルクは剣の稽古か」

「ええ、このところ忙しくて練習の時間を取りにくかったんですよ」

「マルクは剣術が好きだねぇ……でヴェンデリン、そのよく煮えている鍋は？」

「魔物の内臓を味噌で長時間煮込んでいるのさ。煮込めば煮込むほど美味しい」

「なるほどね。ヴェンデリンはそういうのが好きだよね」

俺は近くの川で釣りをしつつ、大鍋で魔物のモツの味噌煮込みを作っていた。

夕食のおかず兼お酒のツマミというわけだ。

魔物の内臓肉は、煮込む前にちゃんと下ごしらえをしなければ臭くなってしまう。

そういう地味な作業を黙々とやり、大鍋で煮込みながら釣り糸を垂れていると、日頃のストレスが発散されるような気がするのだ。

「僕も釣りをしようかな」

ペーターも俺の隣に座って釣り糸を垂れ、ただひたすらのんびりとした時間を過ごし続けた。

「こういう時間を持てるってのが非常に贅沢だね」

「ああ……」

たまに大鍋の様子を見ながら釣りを続けていたのだが、ふと魔物の領域からやってくる複数の人間の反応を『探知』した。

「おかしいですね？　この近辺は冒険者ですら滅多に現れないポイントなのに……」

さすがはマルクというべきか、彼は魔物の領域から姿を見せた冒険者たちに気がついたようで、剣の稽古をやめてこちらにやってきた。

ペーターに害意を持つ人間だと大変なので、すぐに彼の元に駆けつけたようだ。

彼は魔法を使えないのに、大した探知能力だな。

「あれ？　この近辺で野営をしている冒険者なんて珍しいな」

そう言いながら魔物の領域から出てきた冒険者たちは四名。

ベテランで実力もありそうに見えるが、なにか聞きたいことがあるのか、こちらに向かって歩いてきた。

ただ一目見た感じ、彼らは魔物をまったく狩っていないようで、服や装備品は綺麗なまま。

それが少し不思議ではあった。

「もしかして夜に探すつもりなのか？　だから今は休んでいるのか」

「夜？」

「なんだ。あんたたちは、『ゴールデンカブトムシ』と『ゴールデンクワガタ』を探しに来たんじゃないのか」

「僕たちは冒険者ではあるけど、今は休暇中なんだよ」

「そうだったのか……」

「もしかして、そのゴールデンカブトムシとゴールデンクワガタの話を聞かれて都合悪かったとか？」

「いや、帝都にある冒険者ギルド本部の掲示板に『緊急依頼』として貼られているからな。知らない冒険者の方が少ないいんじゃないか？」

緊急依頼ねぇ……。

それも、ゴールデンカブトムシとゴールデンクワガタって……名前からして金色のカブトムシとクワガタなのかな？

貴族の子供が、『パパァ――――！　僕、ゴールデンカブトムシとゴールデンクワガタが絶対に欲しい！』と泣きながら懇願し、その貴族が急ぎ冒険者ギルドに依頼を出したとか？

「その前に、ゴールデンカブトムシとゴールデンクワガタなんて魔物がいたんだな」

この世界にもカブトムシやクワガタムシは存在していたし、子供が採集して飼育したり、戦わせて遊んだりしていた。

地方の森で採集してきた珍しいカブトムシやクワガタを、都市部の子供たちに販売することを仕事にしている人たちもいて、俺も王都で何度か見かけたことがある。

だが、いくらファンタジーっぽいこの世界でも、金色のカブトムシとクワガタの話は聞いたことがなかったのだけど……。

「金色に輝くカブトムシとクワガタが実在し、コレクターの間では垂涎の品となっている。帝都より北でまれに目撃されるが、捕まえるのはかなり難しいそうだ。俺たちも目撃したことすらないからな。有名な虫標本コレクターであるライシャワー伯爵がどうしても欲しいらしくて、報酬が随分と上乗せされたから、みんな大騒ぎで探してるぜ」

「どっちも、一四一千万セントだからな」

「えっ！」

たかが虫……あっ、一応魔物なのか……。

それにしても、一四一千万セントってのは凄いな。

日本円にして、およそ十億円ってことなのだから。

「それだけ見つけにくいってことだな。実際、何日も前から大勢の冒険者たちが懸命に探している

が、ゴールデンカブトムシもゴールデンクワガタも影すら見えない
「もう切り上げて、普通の魔物を狩った方がいいんじゃないかっていう話になってるな」

「目撃情報もまったくない状態だからな」

ベテラン冒険者たちは、一向に見つからないゴールデンカブトムシとゴールデンクワガタを諦めつつあるようだ。

確かに、手に入る可能性が低い十億円よりも、堅実に魔物を狩ってお金を稼いだ方が長い目で見たら得なのだから。

「それに、ライシャワー伯爵はもう何度も緊急依頼をかけていてな。どんどん報酬が上がっていくが、一回もゴールデンカブトムシとゴールデンクワガタを手に入れたことはないってんだから。じゃあ、俺たちは魔物狩りに戻るから」

ベテラン冒険者たちは、ゴールデンカブトムシとゴールデンクワガタを諦めて、通常の狩猟に戻る決意をしたようだ。

話を切り上げると、再び森の中に入っていった。

「ゴールデンカブトムシとゴールデンクワガタねぇ……」

桃色カバさんもそうだけど、この世界の魔物の名前の付け方は意味がわからん。

ゴールデンカブトムシの方はムシがついていて、ゴールデンクワガタはムシがついてない。

法則性が理解できないのだ。

「一四一千万セントの魔物でもある虫かぁ……。一千万セントは魅力的だよねぇ……」

「はあ？　この国の皇帝がなにを言ってるんだよ？」

そのくらいの金額、簡単に用立てることができる身分じゃないか。

「ヴェンデリンはわかってないなぁ。皇家にはこの国一番と言われる資産があっても、僕が自由に使えるお金なんてたかが知れているんだよ」

「それは知っているけど……」

ヘルムート王国の陛下も、実はお小遣い制だからな。

王様が散財して国家財政が傾いたら困るからであろうが、夢も希望もない話だ。

その代わり、国が財政破綻するリスクが少ないので、俺たちにとっては大変ありがたいのだけど。

俺がすぐに用立てられる金額……あまり無駄遣いしないから、大金を手に入れても使い道がすぐには思いつかないな。

「ヴェンデリンは優れた魔法使いでもあるから、どこかで飛竜の十匹も狩ればそのくらいの金額は手に入るのだろうけど、僕は魔法が使えないからね。エメラに子供が生まれるから、無駄遣いは慎まないといけない。そこで降って湧いた臨時収入への道だ」

「お前、家臣であるライシャワー伯爵にゴールデンカブトムシとゴールデンクワガタの代金を貰うのか？　向こうも驚くと思うぞ」

ようやく目的のものが手に入ったと思ったら、それを持ってきたのが自分の国の皇帝で、その皇帝に報酬を要求されるんだから。

「ヴェンデリンはそんなことを気にしてるの？　当然代理人に行かせるからいいんだよ。とにかく、自由に使えるヘソクリが一千万セント手に入るチャンスってわけだ」

「それは確かに魅力的ですな」

意外にも、これまで懸命に剣の稽古をしていたマルクも話に加わってきた。

さらに……。

「陛下、魔物の領域で狩りをしていたら、面白い情報が手に入りましたよ」

「一匹一千万セントのお宝のお話です」

森から出てきたペーターの友人たちも、他の冒険者たちからゴールデンカブトムシとゴールデンクワガタの情報を聞きつけたようだ。

いいお小遣い稼ぎになると、彼に参加を促していた。

「これがあれば、お忍びで遊ぶ時にとっても便利ですよ。自由なお金ってやつです」

「せっかくの休みですから、みんなで探しましょうよ」

「それはいいね。ヴェンデリンとブランタークさん殿と導師は反対かな？」

「別に反対ではないな……」

賛成でもない……いや、目標は金色だがカブトムシとクワガタだ。

前世の子供の頃を思い出すな。

夏休みで両親の実家に帰省した際、俺はカブトムシ・クワガタムシハンターとして期間限定で大活躍をした。

カブトムシとクワガタムシがいる森の木に自家製の餌を塗って、夜中に大量に捕獲。

これを持ち帰り、友達に分けてあげて随分とありがたがられたものだ。

今になって思い返すと、この世界に転生するまで普通で地味だったこの俺が唯一輝けていたのは、両親の実家の森でカブトムシとクワガタムシを獲っていた時ではなかろうか。

それが、なぜか今、詳細に思い出されたのだ。

「一つ聞きたいんだが、ゴールデンカブトムシとゴールデンクワガタを探している冒険者たちは、どうやって探しているんだ？」

「普通に木に登って探したり、木に蹴りを入れて地面に落ちてくるのを待っていたりとかです」

「今の時間にか？」

「はい」

森の中で狩りをしていたペーターの友人たちが、俺の問いに答えた。

それにしても、カブトムシとクワガタを採集する方法としては、未熟としか言いようがないな。

前世の子供の頃『カブトムシ博士』と呼ばれた俺からすれば、その方法では永久にゴールデンカブトムシもゴールデンクワガタも捕まえることができないと確信してしまうほどだ。

「そもそも、カブトムシとクワガタって夜行性じゃないか？」

「おおっ！　ブランタークさんもわかってるじゃないですか」

「辺境伯様よ。俺だって子供の頃は、他の子供たちと一緒にカブトムシとクワガタを採集して、それを戦わせて遊んだりしたものよ。チャンピオンを保有している子供は地元で尊敬されるからな。少しでも強いカブトムシとクワガタを得るために沢山捕まえられるよう、色々と捕獲方法を工夫したものさ。確かに、夜の方がいっぱい捕まえられるもんなぁ」

「そうですよね」

この世界は自然がいっぱいなので、昼間でもカブトムシやクワガタを捕まえようと思えばできる。

だが、みんなが探しているのはゴールデンカブトムシとゴールデンクワガタだ。

滅多に見つからないのなら、昼間に探しても見つかる可能性はさらに低くなると思う。

「夕方に餌を仕掛けて、夜中に様子を見に行くんですよ。それが一番カブトムシとクワガタを効率よく獲る方法です」

「バウマイスター辺境伯、実に詳しいのである！」

「任せてくださいよ」

実は、この世界で十二歳になるまでの期間、たまにバウマイスター騎士爵家の屋敷の裏にある森でカブトムシを捕まえ、それらを戦わせて勝敗を予想して遊んだこともあったのだ。

今にして思うと、『俺は一人でなにをやっていたんだろう？』などと思わなくもないのだが、あれは実にいい時間潰しになった。

バウマイスター騎士爵領ではカブトムシもクワガタも珍しいものではなく、しかもこの世界の虫はかなり立派で見栄えのよいものが多かったのを思い出す。

それに、普通のカブトムシとクワガタなら昼間でも採集できたのがよかった。

だけど、金色のカブトムシとクワガタなんて初めて聞いたな。

帝国領にしか生息していないのかな？

「つまり、餌を仕掛けて夜に採集するのであるか？」

「その方法が、一番可能性が高いと思いますよ」

「魔物の領域を夜動くのは危険じゃないかな？」

「どうかなぁ？」

ペーターが夜間行動は危険だと言ってきた。

だが、なにかのＲＰＧのように、夜になると強い魔物が出るとか、夜になると魔物との遭遇率が上がるとかいった変化は、この世界の魔物の領域では、そこまで顕著ではなかった。

当然夜行性の魔物も多く存在するけど、昼間に出現する魔物よりも強いということはない。

夜の魔物の領域が危険な最大の理由は、暗いので視界が悪く、夜目が利く魔物に奇襲されやすいからなのだ。

「俺とブランタークさんと導師なら、『探知』と『ライト』で魔物に奇襲を受けることはないし、先にそのエリアの魔物を駆逐してしまえば、あとは安全にゴールデンカブトムシとゴールデンクワガタを探せるというものだ」

「とても楽しそうである！」

「確かに、昼間に他の冒険者たちと一緒に木に登って探したり、木に蹴りを入れて落ちてくるのを待つよりかは効率的かもしれないね。ようし！　今夜はゴールデンカブトムシとゴールデンクワガタ狩りだぁ！」

「子供の頃を思い出すなぁ。なんか楽しそうじゃないか」

「某も参加するのである！」

「陛下、頑張りましょう！」

「一千万セントのヘソクリができたら、今度のお忍び休暇はちょっと遠出しましょうよ」

「いいねぇ、それ」

ここには、男しかいないからであろう。

全員が、カブトムシとクワガタを探すことで意見が一致。

普通のカブトムシとクワガタではなく、金色で一四一千万セントの賞金首だが、そこだけは大人になったのだと思いながら、真夜中の作戦開始に備えての準備に入る俺たちであった。

＊　＊　＊

「で、まずはどうする？　辺境伯様」

「ちなみに、ブランタークさんは子供の頃、どうやってカブトムシとクワガタを採集しましたか？」

「前の日に、樹液が沢山出そうな木の幹にナイフで傷をつけておいてな。翌日見に行くと、ナイフでつけた傷から染み出た樹液にカブトムシとクワガタが集まっているって寸法だ」

「バウマイスター辺境伯、某も子供の頃にカブトムシとクワガタは獲ったことがあるのである」

「へえ、どうやって採集したんですか？」

「木に全力で蹴りを入れるのである！　他に毛虫なども落ちてくるので要注意である！」

「（木が可哀想だな……）」


夕方。

俺たちは、魔物の領域の中にあるクヌギに似た樹木の密集する地帯にいた。

当然魔物の領域なので多数の魔物が出現したが、すべてブランタークさんと導師が駆除してしまったので、今は静かなものだ。

周辺にいる魔物たちは近寄ってこない。

間違いなく、短時間でこの付近の魔物を全滅させてしまった二人に恐れをなしているのであろう。

この世界のカブトムシとクワガタが、クヌギに似た木の樹液に集まるのは地球とまったく同じ。

ただ、この世界では甘いものの値段が高いので、前世でやってたように砂糖水やハチミツを木に塗っておびき寄せることはしなかった。

みんな、木にナイフで傷をつけ、そこから流れ出た樹液でカブトムシとクワガタを呼び寄せるわけだ。

よく見ると、すでに何本かの木の幹にナイフで傷がつけられていた。

数匹、普通のカブトムシとクワガタ……とはいっても、地球のやつの倍近い大きさだけど……を見つけることには成功したが、俺たちの目標はゴールデンカブトムシとゴールデンクワガタである。

やはり、木の樹液だけでは厳しいようだ。

「これを仕掛けます」

「ヴェンデリン、それはなんだい？」

「カブトムシとクワガタが引き寄せられる餌さ」

俺はペーターに、用意した自作の餌を見せた。

普通の人は、カブトムシとクワガタは甘いものだけに寄ってくると誤解している節がある。

それも事実ではあるが、実はカブトムシは木から染み出た樹液の糖分が樹皮の酵母や細菌で発酵したものの匂いに強く引かれる。

俺はその習性を利用し、カブトムシとクワガタが沢山寄ってくる餌を自作し、それを薄い布に包んで木の枝に吊るすことにしたのだ。

「これは、魔の森で採取されるバナナです。これに蒸留酒と少量の砂糖をよく混ぜ、日光に丸一日当てて発酵させますが、今日は時間がないので魔法で発酵させました」

前世では有名な、バナナと蒸留酒で作るカブトムシ用のトラップである。

完成した蒸留酒バナナを木の幹に塗り、その強力な発酵臭に集まってきたゴールデンカブトムシとゴールデンクワガタを一網打尽にするという作戦だ。

「酒を使っているのか……たかが虫に勿体ないな」

「ブランタークさんならそう言うと思いましたけど、相手は一匹一千万セントの賞金首です。相応のコストをかけないと、捕まえられるものも捕まえられませんよ」

「辺境伯様の言うとおりだな。確かに樹液だけだとなぁ」

すでに多くの冒険者たちが木に登って探し、大木に蹴りを入れて地面に落とそうとし、木の幹に傷をつけて樹液で呼び寄せようとして失敗しているのだから。

他の方法を試さなければ、ゴールデンカブトムシとゴールデンクワガタが手に入るわけがないのだ。

「駄目だったら、別の方法を使わなければ」

「さすがは、バウマイスター辺境伯殿だ」

マルクが俺の作戦に感動していたが、褒めるのは実際にゴールデンカブトムシとゴールデンクワガタを捕まえてからにしてほしい。

「じゃあ、みんなで分担して蒸留酒バナナを塗ってくれ」

「「「「「「「「了解！」」」」」」」」

みんなで作業を分担したので、日が暮れるまでに餌を仕掛けることに成功した。

あとは、夜中にその成果を確認するだけだ。

「早めに夕食をとって、少し仮眠するか」

「それがいいね、夜に備えよう」

みんな元々冒険者であり、ゴールデンカブトムシとゴールデンクワガタのためなら、夜中の活動もなんのその。

真夜中の作戦に備え、テキパキと夕食を作り、それを食べ、仮眠をとる。

冒険者の活動としては久しぶりであったが、体が覚えていたのであろう。

全員がちゃんと夜中に起きて、すぐに準備を整えてから暗い森へと入っていく。

「餌にちゃんと集まってるといいね」

「こればかりは、運次第かな」

昼間に木に登ったり蹴りを入れるよりは確率が高いと思うが、絶対とは言い切れなかった。

それでも、男だけでカブトムシ獲りなんて面白いじゃないか。

俺はお金に困っていないから、もし獲れなくても楽しければいいんだけど、できればゴールデンカブトムシとゴールデンクワガタを見てみたいものだ。

純粋に興味があった。

「まずは一ヵ所目からだ。ブランタークさん、魔物の様子はどうですか？」

「俺と導師で派手に駆除したから、みんな怖がってこのエリアに入ってこないな。周辺からこちらの様子をうかがっている感じかな」

「大変に好都合なのである！」

早速、木の幹に塗った蒸留酒バナナを『ライト』で照らして成果を確認した。

すると、そこには十数匹のカブトムシが群がっていた。

色は黒いので普通のカブトムシ……いや、地球のやつに比べると倍くらいあるので、これが地球だったら子供に高く売れるかも……。

なんて思ってしまう俺は、商売人に向いているのかもしれない。

「へえ、効果てきめんなんだね、バナナと蒸留酒の餌って」

「確かに、一度にこれだけ獲れるって珍しいな」

残念ながらゴールデンカブトムシとゴールデンクワガタではなかったけど、ペーターの家臣たちがそれらを捕まえて虫カゴに入れていた。

「子供のお土産にしようかなって」

日本なら結婚していない人が多い年代だが、この世界だとほぼ全員結婚して子供がいた。

大きなカブトムシは、子供たちへのいいお土産になるはずだ。

「バウマイスター辺境伯は持って帰らぬのであるか？」

「みんな赤ん坊だから、まだわからないですよ」

それに、奥さんの中には虫が苦手な人がいるかもしれない。

そこを確認してから持ち帰ろう。

普通のカブトムシとクワガタなら、どこでも捕まえられるというのもある。

「それもそうである！　目標は、ゴールデンカブトムシとゴールデンクワガタである！」

導師もヘソクリが欲しいのかね？

財布は、全部自分が握っているようなイメージがあるのだけど。

「純粋な興味からである！　黄金色に輝くカブトムシとクワガタを見てみたいのである！」

純粋な好奇心からか。

実は俺もそうだけど。

「餌は数十ヵ所も仕掛けてあるから、どこか一ヵ所くらいゴールデンカブトムシとゴールデンクワガタがいるかもしれない。急ごう」

ペーターに促され、俺たちは次々と餌を仕掛けた木を見ていく。

「普通のカブトムシやクワガタ、コガネムシとかは沢山いるね」

バナナと蒸留酒の餌は効果抜群で、子供たちのお土産としては十分な量の成果を得ることができたが、残念ながら本命であるゴールデンカブトムシとゴールデンクワガタは一匹も見つかっていなかった。

「一匹一千万セントは伊達ではありませんな」

確かにマルクの言うとおりだ。

そんなに簡単に捕まえられるなら、一千万セントもの賞金がかけられるわけがないのだから。

「思っていた以上に難易度が高いな。餌は次の一ヵ所で終わりだ」

わからなくならないよう地図に記しておいた、餌を仕掛けた場所は残り一ヵ所。

次が駄目なら、ただ夜にカブトムシとクワガタを獲っただけということになってしまう。

「これが最後のチャンスだな。せっかく辺境伯様がいい餌を用意してくれたんだから、一匹でもいてくれることを願うぜ」

「実際に、ゴールデンカブトムシとゴールデンクワガタを見てみたいしね」

「緊張してきましたね」

「いてくれることを願うのである！」

俺のみならず、ブランタークさんも、ペーターも、マルクも、導師も。

最後に餌を仕掛けた大木へと歩いていく。

すると、その木がほのかに光っているのが確認できた。

「ブランタークさん！　これはもしや？」

「辺境伯様も他のみんなも静かに。ゴールデンカブトムシとゴールデンクワガタというくらいだからな。光ってるのかもしれない」

「慎重に、少しずつ接近していこう」

「音を立てずにですね」

「静かにである」

みんな冒険者としての経験があるので、足音を殺しながら、餌が仕掛けてある大木へと接近した。

すると、餌を仕掛けた大木の幹に黄金色に輝くカブトムシと、同じく黄金色に輝くクワガタが張りついて餌を舐めていたのだ。

「ゴールデンとはいえ、黄色くらいに思っていたけど……」

「本当に黄金色に輝いているんだな」

「これなら、一千万セント出す人がいてもおかしくないかもね」

「滅多に見つからない魔物ですし、一千万セントは妥当だと思うのですが……」

「しかし、大きすぎるのである」

まるで金メッキがしてあるかのように輝く、体長が導師とさほど変わらないゴールデンカブトムシとゴールデンクワガタに、俺たちはどうしていいものやら少し戸惑ってしまった。

「いくら虫でも魔物だから、普通のカブトムシやクワガタよりも大きいとは思っていたさ。だが、これは想定外だろう」

「ですよねぇ……」

ブランタークさんの発言に、俺も賛同する。

こんなに大きな虫……魔物を捕らえる。

倒すではなく捕らえるなので、さてどうしたものかと思ってしまったのだ。

「こんなにデカイ虫を標本にするのか……」

「標本というより、剥製(はくせい)でも作るような感じですね。で、これを倒せば？」

「標本を作るのなら、倒しちゃ駄目だぞ」

「そうなんですか？」

「下手に攻撃して甲羅に傷がついたり、なにより脚が取れたら価値が下がってしまう」

俺はマルクに説明を始めた。

自然死した昆虫なら、五十～六十度のお湯に漬けて脚などの節部分を柔らかくしてから成形することが可能だが、ようやく発見したゴールデンカブトムシとゴールデンクワガタが自然に死ぬのを待つわけにもいかない。

殺して捕らえようとした結果、激しく抵抗されてせっかくのゴールデンカブトムシとゴールデンクワガタの体に傷がつくと困るので、上手く生きたまま捕らえないといけない。

「生け捕りであるか？」

「ヴェンデリンって、標本の世界にも詳しいんだね」

「本で見た知識だけどな」

実は俺は、前世では虫博士としてカブトムシとクワガタを多数捕まえ、それを標本にしては自由研究として学校に提出していた。

夏休みの自由研究でなにをしようか深く考えるとドツボに嵌まるので、両親の実家ですぐに手に入るカブトムシとクワガタムシ、その他採集した昆虫で標本を作った方が楽だったからだ。

おかげで昆虫の標本作りには一家言あるが、なにしろ初めてのゴールデンカブトムシとゴールデンクワガタだ。

無傷で生け捕りする方向でいかないと。

もしかしたら、依頼者は『飼育する』と言うかもしれないのだから。

「魔法でなんとかなりませんか？」

「魔法で？　どうかな？」

動物形の魔物なら、大半が魔法で眠らせるという手が使えるのだけど、昆虫であるゴールデンカブトムシとゴールデンクワガタに効果があるのかよくわからなかったのだ。

「下手に魔法をかけると、感づかれて逃げられるかもしれないんだよなぁ」

かといって、導師ほどの大きさがある魔物を無傷で生け捕りにするというのも難しい。

「あれ？　これって意外と難題では？」

「バウマイスター辺境伯、この前大きなカニを捕まえた時のように、急所に一撃入れればいいのである！」

「その手もあるのか……」

細い氷のニードルで、ゴールデンカブトムシとゴールデンクワガタの急所を突く……。

「あれ？　急所はどこでしょうか？」

「某がやってみるのである！　バウマイスター辺境伯は、某が失敗した時のフォローを頼むのである！」

「導師、もっとちゃんと打ち合わせをしてから……」

俺の忠告も聞かず、導師は魔法で氷の細い針を作りカニの時と同じく目と目の間に突き刺そうとした。

それも二体同時に。

「導師って、意外と器用な魔法が使えるんだね」

ペーターが感心していたが、俺もブランタークさんもこのとき初めて知ったのだ。

いつの間にか導師が、『アイスニードル』の魔法を習得していたなんて。

「一撃で倒すのである！」

導師が同時展開した『アイスニードル』が、ゴールデンカブトムシとゴールデンクワガタの目と目の間を直撃した。

カブトムシとクワガタの急所が、目と目の間なのか？

残念ながら、俺にはわからなかったが、その答えはすぐに判明する。

「なんと！」

さすがは、一千万セントの賞金首と言うべきか。

導師の『アイスニードル』は、その硬い外殻によってあっけなく弾かれてしまったのだ。

「カニよりも頑丈なのか！」

あんなにデカかったカニよりも外殻が硬いなんて！

俺たちが驚いている間に、仕掛けられた蒸留酒バナナを舐めていたゴールデンカブトムシとゴールデンクワガタは、素早い速さでその場から飛び去ろうとする。

「逃がすかなのである！」

「導師！」

まさかの事態に俺たちは反応が遅れてしまったが、導師はゴールデンカブトムシの背中にしがみつくことに成功した。

ところが、導師を背中に背負ってもゴールデンカブトムシはまったく速度を落とさず、そのまま恐ろしい速度で漆黒の空へと飛び去ってしまった。

『ブーーーン』という、もの凄い羽音が俺たちにも聞こえる。

「もう夜の暗闇で見えない……。導師は大丈夫か？」

「ヴェンデリン、飛び去ったゴールデンカブトムシとゴールデンクワガタを追いかけるのは危険だよ。残念だけど諦めるしかない」

「確かに……」

魔物としてはそんなに大きくない――昆虫にしては驚異的な大きさだったけど――ゴールデンカブトムシとゴールデンクワガタの外殻があんなに硬かったとは。

そして、導師が背中に取りついていても驚くべき速度で飛行できるパワー。

攻撃はしてこないようだが、どうりで生け捕りにしたという話がほとんど出てこないはずだ。

あんなに素早く逃げることができるのだから。

「あの……導師殿は大丈夫なのですか？」

「導師のことだから、振り落とされても大丈夫だろうけど、ゴールデンカブトムシを捕まえられるかどうかはよくわからないな」

「体の大きさからは想像もできないパワーだった。まさにゴールデンだね」

ペーターが、わかったような顔をして訳のわからないことを言う。

体に傷がつくと商品価値が落ちるので攻撃を控えたが、あんなに硬いとさすがの導師でもこれといったダメージを与えられそうにない。

まさか、ゴールデンカブトムシが力尽きるまでその背中にしがみつき続けることも難しいだろうから、多分逃げられてしまったと見るべきか。

それよりも、導師はここに戻ってこられるかな？

「完全な準備不足でしたね」

「そうだな、マルク殿。俺も初めて知った魔物だったからなぁ。あ――――あ、惜しいことをした」

「導師殿、魔物の大量生息地に落下していないといいけど」

「それはそれで、その魔物を狩るだけだから問題ないと思う」

「全然心配されてないね。さすがというか」

あの人が、高速で飛行するゴールデンカブトムシに振り落とされたぐらいで、どうこうなるわけないのだ。

「夜が明けたら、宿営地に戻ってくるんじゃないかな。あ――あ、失敗したなぁ。ゴールデンカブトムシとゴールデンクワガタの捕獲、次回以降のお楽しみということで、酒飲んで寝るか」

「もう寝ますか。ペーター、宿営地に戻ろう」

「そうだね。普通のカブトムシとクワガタはいっぱい獲れたから、帝都で売ってみようか？」

「小遣い稼ぎにはなるのかな？」

「小遣いにはなるんじゃないの？」

俺たちは、今夜の成果であるカブトムシとクワガタを持ち帰り、その日はそのまま就寝してしまった。

本当に、惜しいところだったな。

次は、ちゃんと準備をしてから挑むことにしよう。

＊　＊　＊

「いやあ、振り落とされてしまって駄目だったのである！　しかもあのゴールデンカブトムシ。某の渾身（こんしん）の魔力を込めた攻撃でも、甲羅に傷一つつかなかったのである！」

「一体アイツらは、なにでできてるんでしょうね？」

「背中にしがみつきながら何度も殴っていたから、手が痛いのである。朝食が欲しいのである！」

「今日の朝食は、ご飯と味噌汁ですよ」

「美味そうである！」


翌朝、導師は無事に戻ってきた。

マルク以外誰も心配していなかったが、導師の安否を気遣ってしまうなんて、彼は心もイケメンなんだな。

戻ってきた導師は、俺たちが炊いたご飯と味噌汁を、猪の肉の生姜焼き、山菜のお浸し、梅干し、漬物をおかずにかき込んでいた。

よほどお腹が空いていたようだ。

「振り落とされてしまったので、ゴールデンカブトムシとゴールデンクワガタの棲み処はわからなかったのである！」

「あの森は結構広いから、しらみ潰しに探すのは難しいだろうね」

帝都に近い場所に広大な魔物の領域が残されているのは、ここから帝都に供給する肉を得るためであった。

そのためかなりの面積を誇っており、これを全部探っていたらいくら時間があっても足りないほどだ。

「惜しかったけどな」

「ヴェンデリンの作った餌は効果があったよね。普通のカブトムシとクワガタを獲るのには使えないけど」

「材料費が高いからな」

魔の森でしか獲れないバナナと、高価な蒸留酒を使うので、子供が遊ぶカブトムシとクワガタを獲るには高い餌になってしまう。

俺だって、今回ゴールデンカブトムシとゴールデンクワガタを獲るために特別に調合したのだから。

現代日本だと、そう高価でもないんだけど。

「残念だったけど、普通のカブトムシとクワガタはいっぱい獲れたから、みんなの子供たちにあげようか」

「陛下、それにしてはちょっと数が多いですね」

俺が作った餌の効果が高かったのと、この世界は自然が豊かだからか、カブトムシとクワガタが大量に獲れた。

日本の都市部の子供なら大喜びする量だ。

「逃がそうか？」

「いや、お小遣いを稼げばいいんじゃないの。当初の目標どおりに」

「ヴェンデリン、なにか面白いことでも考えたのかい？」

「ああ。誰か、帝都でお祭りか屋台を出しているところを知っているか？」

「確か、帝都の南側で自由市が開かれていたはずですが」

普段、商業関係の仕事をしているペーターの友人の一人が、どんな人でも自由にお店を開ける自由市を教えてくれた。

「捕まえたカブトムシとクワガタをそこで売って、それでなにか食べるか」

「いいね、それ」

結局一千万セントは稼げなかったけど、みんなで捕まえたカブトムシとクワガタを売って、それで得たお金で今夜はどこかのお店に食べに行くことにしよう。

非効率極まりない遊びだけど、遊びなんてそんなものだ。

釣りをしている人に『漁師みたいに網で魚を獲ればいいのに』なんて言う人がいたら、『仕事でもないのに、こいつはなにを言っているんだ？』と思う人が大半なのだから。

「自由市に行こうか」

「賛成だ」

ペーターが決断し、俺たちは昨晩大量に捕まえたカブトムシとクワガタを持って帝都の南側へと移動した。


自由市では、普段は商売をしない人も、趣味で作った木彫りや刺繍(ししゅう)、服、アクセサリー、絵画等々を自由に販売しており、プロのお店も屋台を出していたので多くの人たちで賑(にぎ)わっていた。

「さあ、昨晩森で捕まえてきたカブトムシとクワガタだよ」

「大きくて元気いいよ」

「いらっしゃい」

変装して、みんなでカブトムシとクワガタを販売する。

利益を得ることが目的ではないので安くしたら、カブトムシとクワガタは順調に売れていった。

「お父さん、大きいね」

「本当だな。普段よりも安いから買ってやるぞ」

「わ――――い！　ありがとう」

世界が変わっても、親と子供の関係はそう変わらないものだ。

俺も、ペーターたちも、ブランタークさんも、導師も。

将来子供たちにカブトムシやクワガタを買い与えるか、一緒に獲りに行くことがあるのかもしれない。

そんな風に思いながら販売を続けていたら、無事に完売となった。

「ペーター、思ったよりも売り上げが立ったな。夕食は、このお金でどこか食べに行こうぜ」

「いいね」

「売り上げはまあまあだけど、人数で割るとなぁ……」

「じゃあ、安いお店に行こうか」

「なるべく安いお店を探しましょう」

「帝都に詳しそうなマルク殿に任せるよ」

「楽しみである！」

この売り上げでは高級なお店には行けないが、今は休暇中でお忍びだ。

それにペーターも、皇宮で出されるような豪華な食事よりも、たまには昔食べた庶民的な味を食べたいはず。

俺たちは片付けをしてから平民向けの飲食店街へと移動を開始した。

「肉が食べたいのである！」

「そうなると、内臓肉とかでしょうかね？」

「酒は欲しいな。こういう時は安い酒でいいんだ」

「美味しい店がいいな」

みんなでワイワイ喋(しゃべ)りながら歩いていると、前方から思わぬ人物がこちらに向かって歩いてくるのが確認できた。

多分自由市の見学目的であろう。ヴァルド殿下と数名の若手貴族、そして護衛の兵士たちであった。

「顔を隠すか？」

「ブランタークさん、導師がいるからバレますよ」

帝都の住民たちはともかく、ヴァルド殿下が導師に気がつかないわけがない。

実際彼は、すぐに俺たちに気がついて声をかけてきた。

「バウマイスター辺境伯ではないか。それに、ブランタークと導師も。なんと、ペーター陛下も？なにをしているのです？」

「自由市を視察する際、正体がバレると、本当の姿が見えないことがありますからね。僕はこうしないと済まないんですよ。バウマイスター辺境伯たちとは、たまたま自由市で会いましてね。導師は変装していてもわかりやすいので」

「確かに、導師は遠目からでもわかりやすいですね」

さすがペーター。

上手く誤魔化してくれたようだ。

実は、俺たちとペーターたちがお忍びで遊んでいることにヴァルド殿下が気がついていないわけないと思うが、同行している若手貴族たちの手前、そうしておいた方がお互い都合がよかった。

「せっかく顔を合わせたので、このあと帝国の魔法使いをどのように育成すればいいものか、優れた魔法使いである三人に意見を聞いてみたいと思いましてね。ヴァルド殿下、しばらく三人をお借りしてよろしいでしょうか？」

「ええ、返していただけるのであれば」

「この三人は帝国内乱で大きな功績をあげ、望めば帝国に残って爵位も褒美も欲しいままにできたはず。それでもヘルムート王国に戻ったのですから、真の忠臣なのでしょうね」

ペーターはよくもまあ、俺が大して思ってもいないことをすらすらと言えるな。

俺が王国の忠実な家臣であるかどうか、かなり怪しいところがあるというのに。

俺は、家族がいるから王国に居続けるだけという面もあったからだ。

導師ですら、その忠誠は陛下個人に向いているのであって、王国への忠誠心は不明な点が多かった。

「そう言われてみれば確かにそうですね。三人はお貸しいたしましょう」

「すみませんね」

本当、ペーターは大したものだな。

そういう風に言われてしまえば、まさかヴァルド殿下も俺たちに行くなとは言えないだろうから。

「では、僕はこれで」

「ヴァルド殿下、行ってきます」

「ああ、ペーター陛下にしっかりと助言してきたまえ」

ヴァルド殿下の許可を受けた俺たちだったが、魔法使いとしての意見なんて一言も言わなかった。ただ安くて美味しいと評判の居酒屋をマルクが知っていたので、そこでカブトムシとクワガタを売ったお金で散々飲み食いしただけだ。

多少足が出たけど、昨日のキャンプも合わせて実に楽しい休暇だったと思う。

たまにはこうやって、身分を忘れて友人たちと遊ぶのは楽しいものだな。


「……俺も参加したかった！」

「私もだよ！」

共に用事があって参加できなかったエルとアルフォンスがボヤいていたけど、数少ないチャンスは確実に生かさなければ。

＊　＊　＊

「なあ、シャドウ」

「はい」

「バウマイスター辺境伯たちは、帝国内乱の参加者たちで同窓会のようなものを開いたという考えでいいのかな？」

「私が偵察してみたところ、そんな感じでしたね。導師が、金色に輝く巨大なカブトムシにしがみつきながら夜空へと消えていきましたが、これが反乱の合図だったとは思えませんので」

「アームストロング導師は……ああいう人だから父も笑って許しているのだよ。それに、父への忠誠は本物だからね」


バウマイスター辺境伯たちとペーター陛下たちとが遊んでいた様子をヴァルド殿下に詳細に報告したが、一部の若手貴族たちが心配するようなことは一切なかった。

ただ、お忍びで遊んでいただけだからな。

「しかし、私は一つ疑問に思うことがあるのだ」

「疑問ですか？」

「どうしてその集まりに、私が招待されないのかということだよ」

「いやあの……ヴァルド殿下が帝国内乱に参加していないからではないですか？（他の理由なんてないと思うが……）」

「はあ……私も帝国内乱に参加していれば、ヴェンデリンとお忍びで遊べたのに……」

普段はとても聡明(そうめい)な方なのに、どうしてバウマイスター辺境伯と仲良くなろうとする時だけバカになってしまうのか？

とはいえ、人間誰しも苦手なことや弱点はあるだろうし、そのくらいは目を瞑(つむ)ってヴァルド殿下にお仕えするとしよう。

少なくとも、バウマイスター辺境伯は帝国の皇帝と近しいので彼を用いるべきではないという、矮小な讒訴をする貴族たちよりはマシなのだから。

第三話　極秘結婚式

「ペーターとエメラさんの結婚式を秘密裏に開催するだって？　そんなことができるのか？」

「それは大丈夫です。今、帝都では両国の若手貴族たちがそれぞれに集まり、交流会や勉強会が開かれております。陛下のスケジュールもそれに合わせて大分余裕がありますし、参加人数は極力絞ります。幼少から陛下と一緒に行動してきた我らと、王国側の参加者は、アームストロング導師殿とブランタークの殿、そしてあの内乱で一緒に苦労したバウマイスター辺境伯殿たちのみということで。お店も、極めて庶民的なお店を貸し切ることにしました」

「なるほど」

「このところ、陛下は皇帝らしく振る舞うことを強要されておりますから、こういう席では庶民的なお店の方がよろしいかと思いまして」

「ペーターも、気を抜く時間が必要ってわけだな」

「はい」


ペーターはエメラと結婚式を挙げないと言っていたけれど、彼と行動を共にしてきた者たちが極秘裏に結婚式を計画しているという話を、今マルクから聞いた。

ペーターは皇帝となり、マルクたちも今や要職にある貴族になってしまったため、公的な場でペーターとエメラの結婚式に賛成するわけにはいかない。

人間、役職や立場ができてしまうと、なかなか昔のようにはいかないというわけだ。

もし平民であるエメラと皇帝になったペーターが結婚式を挙げるなどと言ったら、帝国の名だたる大貴族たちが反対して、最悪皇帝であるペーターを退位させようとするかもしれない。

『いくら優れた魔法使いとはいえ、平民が皇帝の正妻などあり得ない！　それなら私の娘こそ、陛下の正妻に相応しいはずだ！』

などと言い出す大貴族たちが多数出てくるはずで、だからペーターは表向き独身を貫いていた。

これが王家なら問題になるはずだが、帝国の皇帝は選挙で決まる。

たとえペーターが独身でも、さしあたって問題にはならなかった。

皇家の跡取りという問題が出てくるが、これはエメラが妊娠しているから問題ないはず。

ペーターとエメラは公式には結婚していないけど、皇家の跡取りはエメラの子供になり、大貴族たちもそれを黙認するが、その代わり皇帝の正妻にするのは許さない。

この辺が、ペーターと大貴族たちとの間で決まった落としどころ、暗黙の了解なんだろうな。

だからマルクたちが、ペーターとエメラの結婚式を内輪だけで挙げることを計画したわけだ。

主君と家臣になっても昔からの友情が続いているなんて、ペーターは凄い奴だ。

魔法が使えるだけの俺とは大違いだな。

「エリーゼさんたちにも出席していただきたいのです。我らは共に内乱で一年以上も苦労した身。きっと陛下もエメラ殿も喜んでくれるでしょう」

「それはいいアイデアだな。是非参加させていただこう」

今、エリーゼたちは屋敷でフリードリヒたちの面倒を見ているけど、一晩くらいなら問題ないだろう。
帝国内乱で苦労したみんなで二人の結婚を祝いつつ、楽しく飲み食いしながら歓談するというわけか。

「導師とブランタークさんにも聞いてみるよ。当日は『瞬間移動』で迎えに行こう」

「ありがとうございます。バウマイスター辺境伯殿の『瞬間移動』は便利ですね」

「使い方が、極めて私的な用件ばかりだけど」

「そのくらいの方が平和でいいではないですか。これから魔族との件がどうなるかわかりませんが、両国の若手貴族たちの交流も進んでいますし、未来はよくなると信じて、今は陛下とエメラ殿の結婚を盛大に祝いましょう。たとえ我々だけでも」

二人の極秘結婚式の幹事はマルクが担当することになったが、責任がある地位に就いたからか、剣ばかりでなくこういう仕事もちゃんとこなすようになったんだな。

『おおっ！　共に帝国内乱で苦労したペーター陛下とエメラ殿の結婚式であるか。是非参加させていただくのである！　いいワインを持っていくのである！』

『俺も喜んで参加させていただくぜ。それにしてもいい話だな。たとえ皇帝と家臣の間柄になっても友情を保ち続けるとか。皇帝や王様なんて孤独なものだが、ペーター陛下はその問題もクリアできているとは』

確かに、皇帝になっても家臣と友情を保ち続けるなんて、前世でいうと後漢の光武帝とかかな？

さすがはペーター、歴史にその名が残りそうな皇帝なだけはある。

その日の夜。

「まあ、ペーター陛下とエメラさんが結婚式を挙げるのですか。それはとても楽しみですね。盛大にお祝いをしませんと」

『瞬間移動』で屋敷に帰った俺が二人の結婚式の話をすると、エリーゼがまるで我がことのように喜んでいた。

「こっそりと、帝都にあるそれほど高級じゃないレストランを貸し切ってやるんだって。ペーターたちが昔からよく通っていたお店だそうだよ」

「お祝いを用意しないといけませんね」

「友人たちだけでの内輪の結婚式なんて、いい話ねぇ……」

イーナは、極秘結婚式の話をうっとりとした表情で聞いていた。

シチュエーション的に、彼女の心の琴線に触れたのだと思う。

「それを思いついて幹事になるんだから、マルクさんはさすがだよね」

ルイーゼは、極秘結婚式を計画したマルクの人柄を絶賛していた。

見た目のみならず、精神までイケメンだからな。

「エリーゼたちも参加ということで。俺もなにかお祝いを用意しないとなぁ。なににしようかな？」

こういう時、ボッチ非リア充だった俺は悩む時間が増えてしまうので困る。

これが貴族の結婚式なら、贈り物の種類や相場はある程度慣習で決まっているし、面倒ならローデリヒに任せてしまえばいい。

だが二人の友人としては、慣習や価格に拘(こだわ)らずにいい物を贈ろうと思うのだ。

「ヴェルの場合、下手に色々と考えると失敗しそうだから、調理器具とかでいいんじゃないの？」

「この前、ペーター陛下が仰っていましたね。二人だけで過ごす時には、エメラさんが料理を作ることもあると」

「となると、鍋セットとかでいいのかな？」

「刃物は物騒だからやめた方がいいな」

「結婚式当日が楽しみね」

「そうだな」

その日の夜の話題は、ペーターとエメラの極秘結婚式の話題で独占された。

ご祝儀は不要とのことなので、みんなでお金の代わりにプレゼントを考えておくことになった。

そして、俺は『瞬間移動』で屋敷に戻れるから実感が薄いけど、今は帝国に親善に赴いている身なんだよなぁ……。

「俺、両国の若手貴族たちの交流促進でなにか貢献しているか？」

「形が見えるものじゃないからなぁ……その辺は、団長のヴァルド殿下がなんとかするんじゃないのか？」

「そうだよな、そのための団長だからな」

「ヴェルが団長じゃなくてよかったな」

「確かに」

「そこは否定しないのか？」

「だって面倒そうじゃないか。それともエルがやってくれるのか？」

「そもそも俺には資格がないだろう。もし頼まれても断るだろうけど」

そっちは、能力と責任感があるヴァルド殿下に任せるとして、今はペーターとエメラの結婚式に贈る祝いの品が優先だな。

＊　＊　＊

「どうだ？　わかったか？」

「わかりました」

「正体を見たり！　バウマイスター辺境伯！　やはり帝国皇帝との縁を利用して、自分だけ利を得ようとしているのだ！」

「なんとけしからん！　いくら功績が大きいとはいえ、バウマイスター辺境伯領は南方探索の重要な拠点となるのですから、やはり転封するのが一番なのです。バウマイスター辺境伯領は、王国直轄地に組み込んでしまいましょう」

「そうです！　現在のヘルムート王国は、帝国とバウマイスター辺境伯領に挟まれ、挟撃される危険があるのですから」

ヴァルド殿下は非常に聡明なお方だ。

目立たないが、今回だって帝国への親善友好団団長の任を的確にこなしている。

今も、バウマイスター辺境伯に嫉妬して、どうにか彼の力を削ごうと讒訴する残念な若手貴族たちの相手を根気よくしているのだから。

こういう連中をバカらしいと言って放置すると、そのバカな言い分を周囲に拡散して大きな騒ぎにしてしまう。

事前に消火しなければいけないと考えるヴァルド殿下は、損な役回りではあるが、やはり優秀な方なのだ。

「バウマイスター辺境伯が、そのようなことをするわけがない」

「殿下、するしないの問題ではないのです！」

「その可能性がありながら、彼に南端の広大な領地を任せる危険性を考慮しているのです！」

「バウマイスター辺境伯は領地の開発がとても上手なのですから、また新しい未開地を与えて力を落としましょう。所持している膨大な富を散財させるのです。ヘルムート王国のために」

「それはいいですな」

「……」

勇ましくヴァルド殿下に直訴するのはいいが、現在徐々に陛下からヴァルド殿下に任される仕事が増えたとはいえ、今のヘルムート王国で大切なことを決めるのは陛下であった。

その陛下がバウマイスター辺境伯の力を落とそうとするわけがなく、きっと陛下に訴えても意味がなかったから、次はということで、連中はヴァルド殿下に讒訴したのであろう。

だが、彼もそんなものを信じるわけがなかった。

それにしても、遠い帝国の地で、本来の目的である帝国若手貴族たちとの親善も図らず、殿下に気に入らない同僚の讒訴をするとは恐れ入る。

ヴァルド殿下はこういう輩を嫌うので、彼らはもう出世の芽を絶たれてしまったな。

まあ、彼らがその事実に気がつくことは永遠にないのだけど。

「とはいえ、その可能性がまったくないとは言えぬ。そなたらの直訴については、私も心の隅に留めておこう」

「「おおっ！　殿下！」」

随分と嬉しそうだな。

だが殿下は、『その発言を心の隅に留めておく』と言っただけだ。

バウマイスター辺境伯に対し、なんらかの処罰を下すとは一言も言っていない。

それに……。

「同時に、親善友好団最大の目的は、帝国貴族たちと親善を図り、将来それを職務で生かせるようにすることだ。帝国の皇帝陛下とツテがあるバウマイスター辺境伯は大したものだという考え方もできる。ところで、そなたたちは誰か帝国貴族の大物と縁を結べたのか？」

「「……」」

やはり黙り込んでしまったか。

この二人にそんな器用な芸当ができるのなら、コソコソとバウマイスター辺境伯の讒訴などしない。

今頃しっかりと帝国貴族たちとの親善を図り、それを貴族としての財産にするはずなのだから。

「他になにかなければ、これで終わりにしたいが……」

「「失礼しました！」」

逆に殿下から、『ちゃんと貴族らしく人脈を築けたのか？』と問われた二人は、その場から逃げるように立ち去った。

結局、一部の残念な若手貴族たちによる讒訴は失敗に終わり、部屋の中は私と殿下だけになった。

「シャドウ」

「はっ！」

「バウマイスター辺境伯たちは、なにを話していたのだ？」

「それは……」

私の名はシャドウ。

本名は秘密で、『シャドウ』のコードネームで活動する、ヴァルド殿下より私的に雇われた密偵だ。

確かにヴァルド殿下はバウマイスター辺境伯と友人になろうと懸命に努力しているが、決して彼を盲信しているわけではない。

だから私は、しっかりとバウマイスター辺境伯を探っていた。

「それが、帝国の皇帝陛下が極秘裏に仲間内だけで結婚式を挙げるようです」

「ペーター殿には確か、筆頭魔導師殿が……」

「はい」

帝国の皇帝陛下は、公式には独身を貫いていることになっているが、実は、筆頭魔導師であるエメラという女性と実質夫婦となっていた。

どうしてそんな面倒なことをしているのかといえば、そのエメラという女性が平民だからだ。

皇帝陛下と平民の娘が正式に結婚なんてしたら、家柄自慢の大貴族たちが大騒ぎするに決まっている。

エメラという女性は妊娠したようで、多分その子を皇家の跡取りにする代わりに、正式に結婚だけはしてくれるなという取り決めになっている……皇族や貴族特有の暗黙の了解というやつだ。

平民の私からしたら、そんなどうでもいいことに拘るなんて、いったいなんのために内乱で大きな犠牲を出したのだ、と思わなくもなかった。

ただ、もし王国で同じような話があったとしても、やはり王族貴族と平民が正式に結婚するのは難しいはずだ。

一旦（いったん）、どこかの貴族の養女にして……せいぜい通用するのは下級貴族までだな。

そのくらい、身分の差とは厳しいものなのだから。

「正式に結婚式は挙げられないので、内輪で集まって極秘に結婚式を挙げることになった。そこに、共に内乱で苦労したバウマイスター辺境伯も呼ばれたわけだな」

「そういうことになります」

陛下は聡明なので話が早くて助かる。

最後まで言わなくても、的確に理解してしまうのだから。

「なるほど、そういうことか……」

ヴァルド殿下が、神妙な表情でしばらく考え込んだあとに一言。

「我々は貴族である前に人間だ。事情があり、表立って結婚式を挙げられない友のために動くことを否定はしたくないものだな。ましてや、それを謀反の兆しありなどと疑ってかかるような真似は尚更(なおさら)したくない」

「はい」

先の二人は、バウマイスター辺境伯を陥れるためなら、どんなに些細(ささい)な情報でも逞(たくま)しく妄想の翼を広げそうだ。

だが、そんなものをヴァルド殿下が望むわけがないのだ。

「今、王国は順調に拡張、発展しつつある。正当な努力をすれば十分な功績を得られるチャンスだというのに、王国発展の要(かなめ)であろうバウマイスター辺境伯を陥れようとするとは恐れ入る。まだ若いのにあのざまでは、彼らの先が思いやられるな」

「はい」

努力の方向性が間違っていると、ヴァルド殿下は言いたかったのだろうけど、彼らになにを言っても無駄だろう。

なぜなら、彼らはバカだからだ。

バカは、自分がバカな言動をしていることに気がつかないからバカなのだから。

指摘して直るようなら、とっくにまともになっているはずだ。

「しかし……」

「しかしなんです？　殿下」

「その結婚式は、秘密裏に開かれるわけだよな？」

「そうなりますね。表沙汰(おもてざた)にできませんから」

もし帝国の大貴族たちに知られでもしたら、きっと大騒ぎになるはずだ。

ペーター陛下の昔ながらの友人である、有能な成り上がり貴族たちが徹底的に隠蔽するのであろう。

「となると、その席に誰が出席してもまずバレる心配はないはずだな？」

「ええ、参加した者たちは秘密にするでしょうからね」

公にできない結婚式ゆえに、企画した者たちはとても慎重で、当然口も堅い。

自慢ではないが、この極秘結婚式の情報だって私だから探ることができたのだから。

実際、帝国貴族たちが飼っている密偵たちは、まったく情報を掴んでいない。

唯一探ることができそうなのは、ミズホ公爵の『シノビ』たちか……。

ただ、ミズホ公爵がそれを知ったとて、バウマイスター辺境伯の不興を買うことを承知で、有象無象の帝国貴族たちに情報を売ることはしないか。

彼らは同じ帝国貴族たちよりも、バウマイスター辺境伯との友誼を大切にするだろうからだ。

それにしても、バウマイスター辺境伯の人脈の凄さよ。

「そうか……これは、ペーター殿とヴェンデリンのお忍び行動。だから誰も彼らのその日の夜の行動を知らない。そうだな？」

「ええ、そうなります」

そんなわかりきったことを、どうしてヴァルド殿下は私にわざわざ聞いてくるのだ？

「なあ、シャドウ」

「はい」

「その極秘結婚式に、私が出席できる可能性はないのかな？」

「……それは……非常に難しいかと……」

いやいやいや！

いくらなんでも、それは不可能だろう！

バウマイスター辺境伯は帝国内乱時、エメラ殿やその他の仲間たちと命を賭して戦ったからこそ、ペーター陛下の極秘裏の結婚式に招待されたわけであって、内乱に従軍していないヴァルド殿下がその席に招かれる理由は一つもないのだから。

この人は……バウマイスター辺境伯と友誼を結ぼうとする時だけ、とんでもなくバカになるな。

「従軍した経験がない私が言うのはどうかと思いますが、戦場を共にした仲間たちの友情関係に、他人が関わるのは非常に難しいかと……」

「やはりそうか……参加したい……」

「(お気持ちはわかりますが、ヴァルド殿下が無理に参加すると、せっかくの仲間内だけのアットホームな結婚式が台無しになりますから……)」

などと、雇い主に言うわけにはいかず、心の中だけでそう思う私だった。

「せっかく親善友好団団長の名目で帝国にやってきたのに、なかなかヴェンデリンと仲良くなれぬな。これは、戦略を練り直す必要があるのか？」

私に言わせると、とりあえず身分にものを言わせて強引に仲良くなってしまえばいいような気がするのだが、変に真面目なのか、友人作りに関してのみ無駄に理想が高いのか……。

過程を重視したいのかも。

「出席したいなぁ……。偶然を装うか？」

「会場のレストランは貸し切りなので、いきなり殿下が入ってきたらおかしいと思われますよ」

「だよなぁ……」

これは決して口にはできないけど、今回の親善友好団の活動で、ヴァルド殿下とバウマイスター辺境伯の友情が深まる可能性はかなり低いだろうな。

＊　＊　＊

「あなた、スーツとウェディングドレスの微調整は終わりましたよ」

「エリーゼって、こんなこともできるのかぁ。凄いな」

「みんなが手伝ってくれたからですよ」

「キャンディーさんに教わったのよ」

「ボクも、そこそこ裁縫が上手になったよ。キャンディーさんのおかげで」

「みんな、キャンディーさんと仲いいよね」

「キャンディーさんは、友達が多い」

「私なんかよりも、遥かに顔は広いですわね」

秘密の結婚式が行われる日の夕方。

準備のため、俺たちは先に貸し切ったお店で作業をしていた。

極秘の結婚式なので、極力関係者以外は関わらない方がいいという考えのもと、会場であるレストランの飾り付け、料理の盛り付けや配膳、そしてエメラが着るウェディングドレスの微調整などをエリーゼたちが担当していた。

裁縫の『さ』の字もできない俺からしたら、ウェディングドレスに触るのも怖いんだけど、エリーゼたちは度々キャンディーさんから色々と習っていたようで、マルクたちが用意したウェディングドレスをすぐに着られるように作業していた。

「うむ。素晴らしいウェディングドレスなのである！」

と導師は言うけれど、彼はそこまでウェディングドレスに詳しいのであろうか？

綺麗(きれい)なウェディングドレスだというのはわかるのだけど……。

「なあヴェル」

「なんだ？　エル」

「ふと疑問に思ったんだが、エメラさんの詳細なサイズなんてどうしてわかるんだ？　サプライズパーティーなんだろう？」

今日のパーティーは、実はペーターとエメラにも秘密にしていた。

仲間内で、レストランで宴会をするという体(てい)にしているのだ。

実質ペーターの奥さんであるエメラの体のサイズを、ペーター以外の男性が知っていたら色々問題だろうからな。

「そこで、女性の体のサイズを目測で正確に測れるボクの出番ってね」

「そういえばルイーゼは、そんななんの役に立つのかわからない特技を持ってたよな」

「む――――っ、エルは失礼にもほどがあるよ！　今、ボクはもの凄く役に立っているじゃないか！」

確かに役に立っているな。

エメラに実際に着てもらわなくても、ウェディングドレスのサイズ調整ができてしまうのだから。

「なるほど。その特技を生かして、陛下の分のタキシードも調整したってわけか」

「えっ？　そんなことしてないよ」

「えっ――――！　いやだって、陛下もタキシードを着ないと成立しないじゃないか」

「当然、陛下の分のタキシードも用意してあるけど、男性のタキシードなんてだいたい合っていればいいんだから。ボク、男性の体のサイズは正確にわからないもの」

「酷いな！　その特技は女性限定だったのかよ」

いまいち使いどころがよくわからない特技だよな。

「ヴェル、結婚式の主役は花嫁さんなのは常識じゃない。陛下は、タキシードを着てさえいればいいんだから」

確かに、男性の服の細かなサイズなんてなぁ……。

要は、パツパツだったり、ブカブカじゃなければいいんだから。

それに、ペーターの服のサイズならマルクたちが知っているだろうからな。

彼のタキシードの調整に時間をかけるより、主役である花嫁さんのウェディングドレスを完璧に仕上げるのが大切だろう。

「そんなものか」

「そんなものだな。結婚式の主役はあくまでも花嫁さんだって」

先月、レーアと結婚式を挙げたばかりのエルも、ルイーゼの意見に賛同していた。

「それにしても、相変わらず帝国の大貴族たちは融通が利かぬの。妾(わらわ)がそれでどれだけ苦労したか……。エメラ殿は内乱終結の功労者なのだから、認めてやればいいものを……。と言える今の妾は、幸せな立場におるようじゃな」

レストランの飾り付けを手伝っていたテレーゼが、誰に言うでもなくそう呟(つぶや)いた。

今回のパーティーは、帝国内乱に参加したメンバーのみの参加なので、資格があるテレーゼも準備を手伝っていたのだ。

また髪型をツインテールにしているけど、もはやそれをする必要はないのでは？

本人は口に出さないけど、案外その髪型を気に入っているのかも。

「あっ、そうだ！」

「どうした？　ヴェンデリン」

「テレーゼに、ちょっとお遣いを頼もうと思って」

「妾が帝都でか？　正体がバレるやもしれぬぞ」

「それは大丈夫。マルクの知っているお店に注文している花嫁さんが着ける絹の手袋を取りに行ってほしいんだ。念のため予備も用意したから、二つ確実に受け取ってきてくれ」

どうせテレーゼはローブを被(かぶ)っているから正体はバレないし、エリーゼ、イーナ、あと意外と言うと失礼かもしれないけど、カタリーナはエメラのウェディングドレスの調整で主力となってもらわないといけない。

となると、テレーゼが適任とも言えたのだ。

「ボクとヴィルマが、テレーゼの両脇を固めるから安全だよ」

「安全。じゃあ行く」

「別に構わぬが、そのお店はどこにあるのじゃ？」

「ちょっとここから距離が離れておりますので、地図をお渡ししますね」

「すまぬの、マルク殿」

マルクからお店の地図を貰ったテレーゼは、ルイーゼとヴィルマを護衛役として、花嫁が着ける絹の手袋を取りに行った。

「……行ったな。勘づかれなかったかな？」

「なにかおかしいと思ったはずだが、そのために両脇にルイーゼとヴィルマを配置したのさ」

「エル、策士じゃないか」

「もう一つのサプライズの用意を邪魔されると困るからな。エリーゼ、もう一着頼むぜ」

「任せてください。テレーゼさんのお洋服のサイズなら、ちゃんと把握していますから」

「テレーゼ、驚くでしょうね」

「ヴェンデリンさんが最初に言い出した時、ちょっと驚いてしまいましたが、いいアイデアだと思いますわ」

マルクから、極秘裏にペーターとエメラの結婚式を挙げると聞いた時、俺はこれに便乗しようと考えた。

テレーゼは実質的には俺の妻だが、世間では愛人の一人だと思われている。

ペーターやエメラと同じく、俺とテレーゼが正式に結婚するのは難しいけど、極秘裏に結婚式を挙げることはできるのではないかと思い至ったわけだ。

それにテレーゼも、帝国内乱で苦労を共にした仲だ。

マルクに話を持ちかけたら、『せっかくだから一緒にやってしまいましょう』と賛同してくれたので、彼も事前の打ち合わせどおりに動いてもらっている。

マルクはやはり性格もイケメンだな。

テレーゼがいない間に、彼女のウェディングドレスの搬入と、微調整を済ませて隠しておかなければ。

「バウマイスター辺境伯、ブランターク殿が尾行を開始したのである！」

テレーゼがお遣いに出てからすぐ、すでに帝都に来ていた導師がレストランに入ってきた。

ブランタークさんもとうに帝都に到着しており、彼はテレーゼが勘づいて戻ってこないか、尾行と監視を始めていた。

徐々に魔法使いとして実力を増しつつあるテレーゼといえど、まだブランタークさんの尾行には気づけまい。

彼女は鋭いから、バレないよう慎重に準備を進めなければ。

「大げさな気もしますけどね」

「テレーゼ様は鋭いゆえ、注意するに越したことはないのである！」

イーナの考えもわからなくないが、なにしろテレーゼはこの国の皇帝になっていたかもしれない人だ。

お遣いに出した時点で怪しいと思われているだろうから、こちらの動きを極力勘づかれないようにしないと。

「とはいえ、テレーゼのウェディングドレスの調整を終えたら、ほぼ準備は終わったようなものだけどな」

エリーゼたちによるウェディングドレスの調整が終わってすぐ、お遣いに出かけていたテレーゼが戻ってきた。

「ふと思ったのじゃが、絹の手袋の予備などいるか？」

「もし破れていたら困るじゃないか」

「確認したが、大丈夫じゃったぞ。ヴェンデリンは慎重な性格をしておるの」

「生来の気質だから仕方がないんだよ。で、ペーターとエメラはあとどれくらいでこのレストランに到着するんだ？」

「もう十分もすれば。バウマイスター辺境伯殿、ブランターク殿と導師殿を迎えに行きませんと」

「そういえばそうだった」

さすがというか、マルクはテレーゼに勘づかれないよう、上手(うま)く話を合わせてくれた。

すでに二人とも帝都にいて、ブランタークさんはテレーゼの尾行をしており、導師は……その辺にいると思う。

導師は導師で、まだ魔法使いとして未熟なテレーゼに見つかるような真似はしないだろうけど。

あとは俺が気づかれることなく、『瞬間移動』で迎えに行った風に見せないと。

「お久しぶりです。ご招待いただきありがとうございます」

「こちらはご祝儀です」

ミズホからはタケオミさんも参加となった。

今日は、俺が『瞬間移動』で運んだハルカと帝都で久しぶりに会っていたので、随分とご機嫌なようだ。

彼のシスコンぶりは相変わらずであった。

タケオミさんもハルカも、帝国内乱で共に戦った仲なので極秘裏にこの結婚式に招待されていたのだ。

「私が最後かな？　ギリギリだった」

やはり帝国内乱では後方支援役ながら苦労したアルフォンスも、どうにかスケジュールの調整がつき、ギリギリの時間でレストランに入ってきた。

これで参加者は全員揃（そろ）い、あとはペーターとエメラを待つだけだ。

今日は二人が主役なのだから、二人がいないと話にならないからな。

あとはテレーゼか。

「マルク殿、ペーター陛下はなかなかに鋭い御仁だが、気がつかれぬかの？」

「そこは慎重に慎重を重ねましたから」

なにしろ、同じく極秘結婚式を用意されていることに、あのテレーゼでさえ気づいていないのだからな。

なにか怪しいと思っているようだけど。

それにしてもマルクたちは、よほど慎重に準備を進めたようだ。

「もうみんないるんだね。僕とエメラが最後のようだ」

「ご招待いただきありがとうございます」

最後に、お忍びということで私服姿のペーターとエメラが入ってきた。

二人にはこのレストランで隠密パーティーを開催すると言ってあるが、当然それは嘘だ。

「エリーゼ、イーナ、ルイーゼ、ヴィルマ、カタリーナ、ハルカ。ではよろしく」

「さあエメラさん、奥の部屋にどうぞ。急ぎ着替えましょうね」

「今日は仮装パーティーなのですか？　それは初耳です」

「そのようなものよ。急ぎ着替えようぞ」

「そうなのですか」

エメラは事情がよくわかっていないようだが、テレーゼが彼女の手を引いて、一緒に奥の部屋へと入っていった。

「そして、テレーゼもよくわかってないようだね、ヴェンデリン」

「俺は今、テレーゼにエメラさんの着替えを頼まなかったんだけどなぁ。気がつかなかったのかな？」

「確かに、テレーゼの名前が入っていなかったね。細かすぎでしょう」

さっき俺は、テレーゼに『よろしく』と言わなかった。

そんな細かいこと、気がつかないか。

女性陣が奥の部屋に入ってすぐ、彼女たちの会話が聞こえてきた。

『エリーゼ、ウェディングドレスが二着あるではないか。衣装替えがあるのか？』

『なにを言っているのかな？　サイズが違うのは一目瞭然じゃん。これはエメラさんのドレスじゃないって』

『では、誰のなのじゃ？』

『テレーゼのよ』

『妾のか？　もしや！』

『二人とも、急ぎ着替えましょう。お婿さんの着替えの時間も必要ですから。貸し切りにしているとはいえ、ここは小さなレストランなので、着替えに使える部屋はいくつもないのですから』

『うむ……まさか妾が謀（たばか）られるとはな……』

『テレーゼ様、もうこうなったら成り行きに身を任せるのみですよ』

『エメラ殿、そなたは達観しておるの。なるほど、妾にお遣いに行かせている間に……』

　今ごろ気がついたか。

　二着目のウェディングドレスをテレーゼに見られると都合が悪かったので、搬入前に俺がわざわざ彼女をお遣いに出したのを。

「これは、マルクやヴェンデリンたちに謀られたようだね」

　同じく、エメラとの結婚式を極秘裏に準備されていたことに気がつかなかったペーターが、してやられたという態度を見せつつ、ちょっと嬉しそうだった。

「俺とペーターも、急ぎ着替えようか」

「マルク、この国の皇帝である僕を出し抜くとは大したものだ。君は、剣技以外にも多芸だね」

「いえ、私は立案しただけですから。具体的な準備はもっと優秀な仲間たちがいますし、バウマイスター辺境伯殿たちも大分手伝ってくれましたので」

「マルクたちが忙しく動いていると、ペーターに勘づかれるからな。俺たちも少し手伝ったのさ」

「いやあ、気がつかなかったけど、こういうことなら気がつかなくてよかったよ。テレーゼ殿もそうかな」

俺とペーターも急ぎタキシードに着替え、これより帝都の下町にある小さなレストランで、ペーターとエメラ、俺とテレーゼの結婚式が始まるのであった。

＊　＊　＊

「導師、もうちょっと大きい服はなかったのかよ」

「これが一番大きいのである！　某、わざわざ神官服などをオーダーメイドしないのである！」

「エリーゼに怒られるぞ」

「伯父様は……いつもこのような感じなので慣れました」

「どうせ言ったたって聞かないからな」

「ええ……」

本物の神官を呼ぶと教会にバレてしまうため、正式に教会で行うような結婚式は難しい。

そこで、導師に神官を頼んだのだけど、せめてもうちょっと大きな神官服を持っていなかったのであろうか？

　パツパツで、今にも服が破れてしまいそうに見える。

　治癒魔法が使えるようになった導師は教会から司祭に任じられていたのだから、せめてサイズの合う神官服を用意すればいいのに……。

　実は最初、司祭にすると伝えに来たホーエンハイム枢機卿の目の前でそれを断るという、俺からしたら考えられない伝説を作った導師であったが、陛下が説得してようやく受け入れたらしい。

　そんなに司祭になるのが嫌だったのか。

　でもそのおかげで、帝都の教会に頼まなくても結婚式が……。

　導師の場合、本物の神官に見えないので、コスプレみたいだけど。

　タキシードとウェディングドレスに着替えた俺たち四人の前に立った導師が、結婚式開始の挨拶を始めた。

「おほん！　なのである！　これより、ペーター陛下とエメラ殿、バウマイスター辺境伯とテレーゼ様の結婚式を始めるのである！」

「導師？」

「神官みたいに説教臭いのは苦手なのである！　そもそもすでに仲良くやっているのだから、某からは特に言うことはないのである！」

「あんまりすぎる……」

　エルが、『もうちょっと他に言いようがないのかよ！』といった表情を浮かべていたが、気持ちはわからなくもなかった。

しかし導師に、本職の神官が結婚式で述べるような言葉を期待するだけ無駄だろう。

同時に、これはこれで、堅苦しくなくてラッキーだと思う俺も存在したのだけど。

「これからも、人生色々とあるはずであるが、夫婦で乗り切ってほしいのである！　以上！　おおっ！　指輪を指につけてあげるのである！」

不思議と、手順だけはちゃんと守っている導師の司会進行ではあった。

指輪は事前に用意していたので、それをペーターはエメラに、俺はテレーゼの指につけてあげた。

「（ヴェンデリン、さすがにちょっと驚いたぞ）」

「（テレーゼを出し抜けたとは、俺も貴族として成長した証拠だな）」

「（かもしれぬ。正式に結婚などせずとも……などと思いつつも、いざこうしてウェディングドレスを着て結婚式を挙げてみると、これはいいものだな。妾はそなたに惚れ直したぞ）」

「（普段、色々と助けてもらっているからな。俺にはこれぐらいのことしかできないけど）」

「（妾からしたらこれほど嬉しいことはない）」

テレーゼが喜んでくれてなによりだ。

そしてその目が少し潤んでいるように見えたが、俺はそれに気がつかないフリをしておいた。

「（ペーター様……陛下、してやられましたね）」

「（こういう『してやられた』は、悪くない。エメラもそう思うでしょう？）」

「（はい）」

「（エメラには、申し訳ないと思っていたから）」

「（これですべて帳消しです）」

隣で二人の会話を聞いているが、二人きりの時はちゃんとした夫婦なんだな。

「みんな、ありがとう」

「ありがとうございます」

ペーターとエメラも、サプライズで結婚式を準備してくれたマルクや他の友人たちに感謝の言葉を述べた。

皇帝と家臣になっても、彼らは友達同士のままなんだな。

この関係を維持するのはとても難しいと思うけど、みんなそれを保とうと懸命に努力している。

ペーターを帝国の皇帝に押し上げるのを手伝ったのは間違っていなかったのだと、今改めて実感した。

「僕もエメラも幸せ者だよ。みんながいてくれて」

「こうして、みんなに結婚式を挙げてもらうと感動もひとしおですね」

「確かにそうよな。ところでペーター殿」

「なにかな？　テレーゼ殿」

「帝国内乱の折、妾は帝国史上初の女性皇帝になるのは確実などと言われ、周囲にそれを期待する者たちも多かった。いまだにそれを望むバカな者たちまでおる。じゃが、できればそいつらに言ってやりたいぐらいだ」

テレーゼは、俺と腕を組んだ。

「妾がどうして、この幸せを放棄してまでそんなものになりたいと思うのかとな。ペーター殿、妾を皇帝候補の座から追い落としてくれて、心から感謝しておるぞ」

「僕はエメラ以外の女性に興味ないけど、美人に感謝されるのは悪くないね。エメラ、格好いい夫である僕を誇っていいよ」

「それは誇るものなのですか？」

「誇るものなんだけどなぁ……まあいいか」

「最後に誓いの口づけである！　それが終わったら、存分に飲み食いしながら夜を楽しむのである！」

順番は間違っていないが、かなり適当な導師司会による結婚式は、最後に誓いの口づけをして無事に終了した。

そのあとは、レストランに用意してもらった大量の食事とお酒をみんなで楽しむ。

「おおっ！　意外と言うと失礼だが、いい酒が揃っているじゃないか」

「乾杯なのである！　テレーゼ様も無事に結婚式を挙げることができてよかったのである！」

「そうだよな」

導師とブランタークさん。

共に、親善訪問団の一員として帝国にやってきた時、まだ少女だったテレーゼの遊びにつき合った縁もあって、感動もひとしおなのであろう。

二人で高いお酒ばかり飲んでいるが、会費はちゃんと払っているから問題なし。いいお酒を揃えてくれたマルクたちに心から感謝するのがいいと思う。

エメラは妊娠していてお酒が飲めないので、お酒以外の飲み物も充実させねばと思い、俺が魔の森の果物を持参してこれを解決した。

「導師、この搾り器でフルーツを搾ってください」

「おおっ！　この機械は初めて見るのである！」

いわゆる、コールドプレスフルーツジュースを作るための搾り器であった。

以前魔力で動くミキサーを製造してもらったのだけど、高速回転するミキサーは熱が発生して素材の酸化が進んでしまい、一部の栄養価が失われてしまう。

そこで、低速で熱が出ないように果物を磨り潰す、コールドプレスフルーツジュース用の搾り器を作ってもらったわけだ。

今度、セレブ向けに売り出そうと考えている。

「女性陣はあまりお酒を飲まないので、これで美味しくて栄養価の高いフルーツジュースを作りましょう」

「体にいいのであるか！　それでは……おおっ！　美味しそうなフルーツジュースである！　ではこれを」

導師は、自分で作ったコールドプレスフルーツジュースにお酒を混ぜて飲み始めた。

こうなると、健康とか栄養素はあまり関係ないような気がする。

「大丈夫みたいだから、エメラさんからどうぞ」

「ありがとうございます」

妊婦さんにお酒を飲ませるわけにはいかないので、次に俺が搾ったマンゴージュースをエメラに渡した。

「美味しいですね、これ」

「お酒を飲まない人はフルーツジュースがありますよ」

みんな、それぞれに自分の飲み物を手にすると、司会役の導師が乾杯の音頭を取った。

「では、乾杯なのである！」

「「「「「「「乾杯！」」」」」」」

乾杯の合図と同時に、レストランに頼んで作ってもらった料理と、みんながそれぞれに持ち寄った料理やお菓子を楽しみながら、楽しくワイワイと話し始めた。

「この肉料理は美味しいな」

「導師が狩ってきた飛竜の肉を低温調理したものさ。飛竜の肉は柔らかくていいな」

さすがは、冒険者たちが命がけで狩る飛竜の肉だ。

低温調理すると、牛肉よりも遥かに柔らかく、肉自体の旨味は上だな。

だから飛竜の肉は高価なんだけど。

「ワイバーンの肉はもう少し硬いような気がするから、やはり飛竜かぁ」

「ヴェンデリンたちは自分で狩れてしまうから感覚が麻痺しているんだろうけど、飛竜の肉はかなりの高級品だからね。皇帝の食卓にだって、週に二、三回しか出ないよ」

「そうなんだ」

俺たちなら、その気になれば毎日食べられるからな。

飽きるから毎日は食べないけど。

「おおっ！　そうであった！　特注のケーキを用意してあるので、これに花嫁と花婿は入刀するのである！」

「おおっ！　いいぞ、やれ」

俺も忘れていたが、そういえばちゃんとケーキも注文していたのだった。

これに、花嫁と花婿である俺たちがナイフを入れるわけだが、ブランタークさんはすでに結構酒が入ってるな。

ブランタークさんがケーキ入刀をするわけじゃないからいいけど。

「写真撮ります」

ペーターの友人の一人が、魔道具のカメラを持ってきてくれた。

どうせ結婚した当事者しか見ないので、撮影しても問題あるまいという判断のようだ。

「ケーキに、渾身（こんしん）の一撃を入れるのである！」

「導師、言い方！」

エルが導師にツッコミを入れていたが、ケーキ入刀でミスをする方が難しいので、俺たちは軽くケーキにナイフを入れ、そのあとはイーナとエリーゼが上手に切り分けてみんなに配っていた。

「フルーツがふんだんに入っていて美味しいね」

「魔の森の果物を渡して作ってもらったんだ。アルコールを使っていないフルーツポンチもあるので、みんなどうぞ」

「ヴェンデリンが参加すると、食事とデザートの質が大幅に上がっていいね」

「みなさん、ありがとうございました」

「妾も思わぬプレゼントで嬉しかったぞ」

その後は、夜遅くまでみんなで楽しく飲み食いしながら話をし、ペーターとエメラ、そして俺とテレーゼの極秘結婚式は、大成功のうちに幕を閉じたのであった。


「ううっ……シャドウ、私は感動している」

「そうですね。実にいい話です」

＊　＊　＊

私は、ペーター陛下とエメラ殿、バウマイスター辺境伯とテレーゼ殿との極秘結婚式の様子を詳細にヴァルド殿下に伝えた。

自慢ではないが、あの極秘結婚式に気がついた密偵は、私とペーター陛下が私的に抱えている者たちのみだったな。

ただ、彼らもサプライズに手を貸したようで、知らぬは主人ばかりなりだった。

結婚式の様子を探っているところを、彼らに気がつかれないようにするのに実に苦労した。

それは仕事なので別に大した問題ではないのだが、極秘結婚式の様子をヴァルド殿下に伝えたら、ヴァルド殿下は涙を流しながら感動していた。

彼は王太子であり将来の王であるが、その前に一人の人間だ。

政治的な事情で正式に結婚式はあげられない、ペーター陛下とエメラ殿のために極秘で結婚式を挙げてくれる友人たちに感動したようだ。

彼らはペーター陛下が平民皇子などと言われ、多くの大貴族たちにバカにされていた頃からの家臣にして友人であった。

ペーター陛下が即位してから重職に就くようになったが、そうなっても彼の友人であり続けようとするその姿勢に、同じような立場にあるヴァルド殿下は感動したのだと思う。

「ヴェンデリンもだ。テレーゼ殿も嬉しかったであろうな」

同じく、テレーゼ殿も政治的な事情でバウマイスター辺境伯の妻にはなれなかった。

実質、妻のような扱いだが、彼女がウェディングドレスを着る機会はなかったはず。

そんな彼女のために、バウマイスター辺境伯も一緒に極秘結婚式を挙げた。

なるほど。

どうしてヴァルド殿下がバウマイスター辺境伯に固執するのか、その理由がよくわかった。

いくら王族と貴族とはいえ、普通の人間であることに変わりはない。

だからこそ、テレーゼ殿にサプライズプレゼントを用意してあげたバウマイスター辺境伯の人間性を評価し、重用するのに相応しい人物だと思ったのだ。

その能力のみならず、人間性にも優れている。

得難い人材だからこそ、ヴァルド殿下はバウマイスター辺境伯に執着するわけだな。

普通の大貴族の子弟ではこんなことはしないはずだからな。

「シャドウ、どうして私がヴェンデリンに拘るのか理解できたか？」

「はい」

私は、ヴァルド殿下がバウマイスター辺境伯に拘る理由に深く納得した。

そして、ヴァルド殿下がどうにか友達になろうと必死なのも。

「私も、帝国内乱に参加できていればなぁ……」

「一国の王太子が、軽々しく他国の内乱に参加してはいけないと思いますが……」

「だよなぁ……」

本人もそれは重々理解していると思うが、よほどペーター陛下たちとバウマイスター辺境伯たちのことが羨ましいんだろうな。

どうにか、ヴァルド殿下に身分を超えた友人ができることを、私はただ祈るのみであった。

「ああ……そういうのに参加してみたいなぁ……ペーター陛下が羨ましい……」

この人、こういうところがなければ最高の主君なんだけどなぁ……。

第四話　極寒の大陸へ

「我ら探索隊は大分北上したが、いまだ氷の世界から抜け出せないままだ。北の果てにいつ到達するのか？　それとも、永遠に氷の大地が続くという可能性も考慮しなければならないのか？」

「まさかな。世界の果ては確実に存在すると、帝国アカデミーの学者たちが言っていたではないか」

「あの『占い師』たちの話など、話半分に聞いておいた方がいいぞ。当たった時は大騒ぎし、外れた時には死んだように静かになるのだから」

北の大地の詳細を知るため、ブルドン伯爵とハルト子爵が派遣した我ら探索隊は、過酷な寒さ、日に二、三回は必ず起こる猛吹雪、水はともかく、食料の補給が難しい氷の大地をただひたすら犬ゾリで北上していた。

このような過酷な環境下でも、フィリップ公爵領から提供された犬たちは元気だ。

彼らの食事を切らさないようにしないと。

この氷の大地の果てになにがあるのか？

帝都にあるアカデミーに所属する学者たちは、この世界の果てには世界の天井へ向かって続く壁が存在するのだと言っていた。

我らの世界は、東西南北を壁に囲まれているのだと。

一時期、この世界は巨大な亀の甲羅の上に載っており、世界の端にまで到達した海水は滝となって『世界の底』に落下してしまう、という学説を発表した学者もいた。

ただ、世界の端から海の水が零れてばかりでは、そのうち海の水がなくなってしまうではないかという反論にその学者は答えられず、今では世界は四方が壁に囲われている説が主流となっていた。

だがその学説も、教会の連中と学者たちが勝手にそう言っているだけだ。

大体この世界がそんなに高い壁に覆われているのだとしたら、どうしてその壁が目視できないのだと思っている者は多い。

なにを隠そう、この私もそうだ。

学者たちは、壁が遥か遠くにあるから見えないと言うのだが、どうにも信用ならないというか……。

実際に今、氷の大陸を北上し続けているが、この世界を囲う壁は目視できなかった。

まだまだ北上しなければ世界の果てに辿り着かないから、壁が目視できないのか、それとも学者たちの学説が根本的に外れているのか。

真実は不明だが、さすがにそろそろ探索隊のメンバーにも疲れが出てきたようだ。

一旦、南端海岸にあるベースキャンプに戻る必要があるな。

もしさらに北上を続けるのであれば、探索隊の規模を拡大しなければ無理だろう。

「ブルドン伯爵とハルト子爵には、今の規模の探索隊でのこれ以上の北上は危険だと進言しよう」

「そうだな。さすがにこれ以上は……」

「前方に生物らしき姿を確認！　白い巨大な熊です！　大きい……魔物である可能性が高いです！」

「撤収だ！」

どうやら、ここから北は魔物の領域のようだな。

我らは過酷な環境下での探索に特化した集団のため、魔物との戦闘はそれほど得意ではない。

それに、探索隊のメンバーには天測、測量、サバイバル術に長けた人材も多い。

ブルドン伯爵とハルト子爵が金と時間をかけて育成した貴重な人材を死なせたら、帝国は王国に対し、地図の作成で著しく不利な状況に追いやられるだろう。

これ以上の北上は不可能だ。

少なくとも、かなりの戦闘力を持った援軍を伴う必要があるだろう。

「撤収だ！　護衛部隊は前へ！」

もし巨大な白い熊が我々を追撃してきたら、護衛部隊には足止めをしてもらわなければ。

彼らの替えは利くが、特殊技能を持った軍人たちの替えは利かないのだから。

いざという時は、盾となり犠牲になってもらう。

それが彼ら護衛部隊の仕事であり、帝国軍からの命令でもあった。

「巨大な白い熊は、我々を追いかけてきません」

「魔物の領域から出たのかな？」

「だと思う」

ここは氷の大地で他になにもないから、魔物の領域との境界線がわかりにくい。

ご丁寧に線が引かれているわけがないから当然か。

「とにかく、この大陸の北部に魔物の領域があることが判明した。探索を続けるにしても、帝国政府に要請して援軍を頼まなければ話にならないな」

「そうだな。急ぎベースキャンプに戻るとしよう」

この大陸の北の果てになにがあるのかわからないが、それを知るにはさらなる増援が必要だ。

そして、当初の予定が大きく遅れてしまった。

帝国がこの北の大陸の詳細な地図を作ることで、王国に対し領有権を主張するはずだったのだが……。

それが遅れるとなると、王国も探索隊を送り込んでくる可能性がある。

王国は、バウマイスター辺境伯のおかげで南方探索と開発が順調に進んでおり、東方探索も計画中だと聞く。

「これで、北の大陸にまで手を出されてしまったら……」

やはり内戦などするものではないな。

ただ、そのおかげで北方探索の指揮権が皇帝に一元化された利点もあり、完全に不利になったというわけでもない。

これからでも、十分に挽回可能なはずだ。

「とにかく今は、一刻も早くベースキャンプに戻って援軍を要請してもらおう」

「それが最善の手だろうな」

＊　＊　＊

――氷で覆われた北の大陸の探索は、魔物の領域と思われるエリアに入り込んでしまったため、一時中断してベースキャンプへと撤退する。

さらなる探索のため、帝国政府に対し援軍を要請する。

ヘルムート王国に出し抜かれることなかれ。

ブルドン伯爵、ハルト子爵より帝国政府へ。


「なるほど。境界線がわかりにくい魔物の領域と、白い巨大な熊の魔物ねぇ。すぐに援軍を送ってくれ。魔法使いは多めにね」

「畏(かしこ)まりました」

「さて、僕も北の大陸のベースキャンプに向かうかな」

「陛下？」

「だって、事前に決めた休暇はまだ終わっていないしね。そうだ！　初の北の大陸観光と洒落(しゃれ)込もうじゃないか。なにか面白いものがあるかもしれない。ヴェンデリンたちを誘おう」

「陛下、どうしてわざわざバウマイスター辺境伯殿たちを？」

「それこそ、出し抜かれないようにだよ」

せっかくのお休みの最中だったけど、やはりなにも問題が起こらないなんてあり得ないか。

皇帝ってのは、なかなか計画どおりに休めなくて大変だね。

北の大陸の地図を作るべく、ブルドン伯爵とハルト子爵が送り出した探索隊が、魔物に遭遇して引き返してきた。

無理をしなかったのはいい選択だったけど、これでヘルムート王国に対し、北の大陸の領有権で強く出られなくなる可能性が出てきた。

急ぎ、援軍を出発させることにしたのだけど……。

「これが運のいいことに、ヴァルド殿下が帝都にいる。彼の親善友好団の若手貴族やその家臣たちにはいい人材もいる」

「確かにいますね。魔法使いもそれなりの数いたはず。まさか！」

「それは偶然でしょう」

マルク、それは穿ちすぎというものさ。

ただヴァルド殿下は、魔導飛行船をチャーターして帝都まで来ている。

僕が援軍を送り出せば、彼に勘づかれるだろうね。

「ヴァルド殿下がですか……」

「う――――ん。マルクでも引っかかるんだね」

ヴァルド殿下が、懸命にヴェンデリンの友人になろうと頑張りすぎて空回りする滑稽な姿は、彼の一面でしかない。

為政者としての彼は、決して侮っていい存在ではないというのに。

「彼が北の大陸に手を出す可能性は高い。だから、僕は南端海岸のベースキャンプ付近でヴェンデリンたちと遊んでいるよ」

そうすることで、ヴァルド殿下がヴェンデリン、導師、ブランターク殿を用いることができなくなる。

彼らは優秀だけど目立つからね。

僕の目があるところで、北方探索には使えないさ。

「彼の奥さんたちもね」

「ですが、それなら帝都に留(とど)め置いた方がいいのでは？」

「それは、いざという時に備えてさ」

ヴェンデリンたちが南端海岸付近で遊んでいる間に、新しく増員された探索隊が北の大陸の詳細を掴(つか)めば問題ない。

だけどもしかしたら、とんでもない魔物……ドラゴンなどが出現するかもしれない。

もしそうなったら、帝国内乱時と同じくヴェンデリンたちに討伐依頼を出すことも考えないといけないだろう。

多少苦しいが、冒険者に仕事を依頼するスタンスだね。

その場合、ヴァルド殿下たちもどうにもできないだろうから、こちらが北の大陸において優先権を得られる可能性が高いだろう。

「しかし苦しいね」

「極寒の氷の大陸ですからね」

「資源があるといいなぁ」

あまりに寒いので、植民先としてはまったく期待できない。

南に活路を見出(みいだ)せる王国の方が圧倒的に有利だろうね。

「とはいえ、北の大陸も見捨ててはおけないさ」

「帝国が、北と南からヘルムート王国領に挟まれてしまいますか……ヘルムート王国も、飛び地で人間が住みにくい極寒の大陸なのだから、手を出さなければいいと思うのですが……」

「気持ちはわかるけど、ヴァルド殿下も北の大陸自体には興味ないと思うんだよねぇ」

「では、なんのために北の大陸に手を出すつもりなのでしょうか？」

「あるかもしれない、古代魔法文明時代の遺産さ」

帝国内乱の時、移動と通信の魔法が阻害される装置がニュルンベルク公爵によって使用された。

あの装置はヘルムート王国領内では見つかっておらず、もしかしたら地域差で帝国領内でしか発掘されないか、もしくは北の大地にも大量の古代魔法文明時代の遺産が氷に閉じ込められているかもしれない。

ヴァルド殿下は、それを確認したいのだろう。

「それら発掘品を、帝国が独占することを恐れているのですか……」

「その可能性は高いね」

まさか僕たちも、王国から『北の大陸に、未知の発掘品はありませんでしたか？』と問われて正直に教えるわけにもいかない。

そもそも、正直に教えても信じてもらえないだろうからね。

僕が同じ立場でも、間違いなく信じないけど。

「ヴァルド殿下は、王太子である今のうちに自ら北の大陸を直接見たいと願う可能性が高い。なにが起きてもすぐに対処可能なように、今のうちに北の大陸に動いておこうか」

「あくまでも遊び名目でですね」

「追加の探索隊が上手(うま)くやれば、僕たちは氷の大陸でヴェンデリンたちと遊ぶだけで済むさ」

そうなってくれたらいいのだけど。

ヴェンデリン、僕は帝国の皇帝なので、ちょっとくらい騙(だま)しても怒らないでね。

君もヘルムート王国の重鎮、バウマイスター辺境伯なのだから。

＊　＊　＊

「魔物の領域を有する北の氷の大陸かぁ。普通に考えたら統治効率の問題もあるから、まずは最優先で南と東の大陸を探し出し、そこを探索した方が実入りは大きい。だが……」

帝国の立地としては、北の大陸に手を出さないわけにはいかないが、ヘルムート王国はそんなことはない。

北の大陸が温暖で土地が肥えているのなら話は別だが、実情は極寒の氷の大陸なのだ。

無理に領有して帝国との関係を悪化させるほどの価値はないのだが、帝国内乱の折りに多数使用された古代魔法文明時代の遺産、もしこれが北の大地にも多数存在するのであれば、そのままにしてはおけない。

「幸いにも、私は帝都にいる」

偶然だが、親善友好団に参加した若手貴族たちの中には優秀な者たちもいて、家臣として魔法使いを抱え込んでいる者も少なくない。

チャーターした魔導飛行船もある。

このまますぐに北の大陸へと向かい、この世界の果てにあるという壁を目指して探索隊を放ち、正確な地図を作成しつつ、古代魔法文明の遺産を探すとしよう。

もし以前の内乱の時にように、『飛行』、『瞬間移動』、『通信』を阻害する装置のようなものがあったとしたら、王国としてはそのままにできないからだ。

空軍の船ではなかったが、魔導飛行船が墜落してしまったのは、王国にとって深い傷となっているのだから。

「北の大地の測量に、帝国が苦戦している今こそがチャンスだ」

氷の大地にある魔物の領域となると、その踏破には優れた魔法使いが必要だな。

だが、ヴェンデリンは動かせない。

下手に彼を動かすと、ペーター陛下が勘づくからだ。

それにペーター陛下も、適当な理由をつけて彼を傍に置き続けると思う。

「探索隊を編成するが、目玉が必要だな」

「目玉ですか？」

「戦力の要だ。彼が探索隊に参加すれば、先に王国が北の大陸を測量できるはずだ」

「彼ですか……もしや！」

「そう、そのもしやだ。父上から頼んでいただこう。元々彼は親善友好団に参加していない。ヴェンデリンに呼ばれてペーター陛下の極秘結婚式に参加していたが、今は予定が空いているはずだ」

「参加してくれるでしょうか？」

「してくれるさ」

前人未到の氷の大地、毎日発生する猛吹雪、立っているだけで体が凍りそうな寒さ、そして巨大な白い熊の魔物。

元来冒険者気質である彼が、未知の大陸の探索を断るわけがないのだから。

「彼をリーダーとして、探索隊を北に送り出す。魔道具ギルドの若手が開発した『魔導ソリ』があったはずだ。それを全部提供させろ」

「犬ゾリは使わないのですか？」

「あれはフィリップ公爵家のお家芸だ。元々温かい我が国が無理に運用しても勝てない。帝国の探索隊は、確か軍で測量と地図作成を専門としている貴族たちが指揮していたな。エドガー軍務卿にも連絡だ。北の大陸の完全な地図を作らせるのだ」

「北の大地が、王国の領地であると主張するためですね」

「それは向こう次第だ」

帝国領を挟んだ北の大陸だからなぁ。

飛び地の管理は面倒だし、氷の大陸では植民も難しい。

「帝国の優位に立ち、恩を売りつつ権利を売却。そんなところだろう」

ミスリルやオリハルコンの鉱山でもあれば、そこだけ権利を主張する……そんなに美味しい話はないか。

「親善友好団の日程はもうすぐ終わる。我らは王国に戻ると見せかけ、人が住んでいない帝国領を北上して北の大陸へと向かい、南端海岸にベースキャンプを設営するぞ。私はそこで指揮を執る」

ペーター陛下、悪いが私はヘルムート王国の王太子なのでね。

帝国が北の大地の掌握に手間取っているのであれば、それを王国の利のために横取りすることもあるのだと理解しておいてくれ。

ヴェンデリンは今のところ使えないが、間違いなくペーター陛下が北の大陸に連れていくはずだ。

いざという時には、王国貴族として存分に働いてもらおうか。

＊　＊　＊

「同志オットー、寒すぎませんか？」

「同志カイツェル、そのような情けないことを言うな！　我らの志に賛同する仲間たちが倒産品市場で見つけてきた防寒具があり、魔法で体から熱を出して寒さを凌ぐ方法を習得したのだから」

「魔物が出現したようですが、見たことがない鳥ですね。飛べないのでしょうか？　あんな巨大なのに二足歩行でこちらに向かってくるから怖いです」

「魔法で倒すのみだ！　これは、魔法と戦いを忘れた我ら魔族への試練なのだ」


北にある氷の大地に上陸し、北極点にあるという古代魔法文明時代の遺産を目指す我々であったが、毎日発生する猛吹雪、マイナス四十度を超える寒さ。

一面氷しかなく、常に方位磁石で方向を確認しなければ迷子になってしまいそうな、目標物の少ない大地。

数は少ないが、巨大な白い熊、二足歩行する鳥、手足がなくヒレがついた毛のない不思議な動物。そして、全長十メートルを超える白銀の虎に襲われ、我らは習得した魔法を駆使し、それらを倒しながら北上を続けていた。

「魔法の袋があるからいいとして、せめて乗り物があれば」

「同志カイツェル、我らの仲間に車両を提供できる余裕がある者はいなかったし、なにより我らは全員無免許ではないか」

最近、魔族の若者の間で魔導四輪離れが進んでいると、老人たちがほざいていた。

さらに、免許すら取らない若者を悪し様に批判している。

それを言うのなら先に、魔導四輪を購入、維持できる給料が出る職を確保してから言え！

自分たちが楽な余生を送ることしか考えず、さも魔族の将来について考えていますなどと、口ばかりの老害共め！

我ら若者はもう騙されんぞ！

「なにより我ら魔族は、魔道具ばかりに頼ってはいけない。太古の魔族たちはどこに行くにも自分で飛んで移動していた。人間の魔法使いで優れている連中もそうしていると聞く。魔道具に頼らず自分で動き、飛ぶことこそが、古き良き魔族を取り戻すことに繋がるのだ」

「確かにそうですね。我らが優れた魔法使いになれば……」

「魔族は、元々個が強い種族！　馴れ合いと、堕落した社会システムへの過剰な依存が今日の衰退を生み出したのだ！　さあ、北極点にあるという古代魔法文明時代の遺産を手に入れようではないか！」

「しかし、人間も狙っていそうですね」

「確かにその可能性は高いが、私は信じている。我ら十名の力と信念をだ！」

「そうですね」

「頑張るぞ！」

我らはたとえ人数が少なくても、必ずや北極点にある古代魔法文明時代の遺産を手に入れてみせよう。

「そもそも人間は、この世界の東西南北がすべて壁に囲まれているなどという妄想を口にする野蛮人だ。さらに、この世界が巨大な亀の甲羅の上に載っていると言い出した学者と論争して、そいつを学会から追放したとも聞く。この世界が丸いことを理解できない野蛮人共に、我ら魔族が負けるはずがなかろう」

「それは本当なのですか？」

「ああ、テラハレス諸島で人間との交渉に参加していた元官僚のサポーターが教えてくれた。もっとも彼は、政治家たちのバカさ加減に呆(あき)れて退職してしまったがな」

そして、そんな政治家たちよりも愚かで下等な人間。

我らは北極点にある古代魔法文明時代の遺産を手に入れ、必ずや人間を管理、支配できる強い魔族へと生まれ変わるのだ。

「探索は順調なので、我らが一番に北極点に到達することは確実であろう。さらに鍛えながら北極点を目指すことにする」

「そうですね、頑張りましょう」

「魔物を魔法で倒すことにも慣れてきたからな」

我ら十名は全員が優れた魔法使いだ。

すぐに大人数で群れたがる人間とは違って、少数精鋭で探索を続ける我らの方が効率がいいに決まっている。

どうやら二つの人間の国は、この大陸の領有を目指して競争しているようだ。

となると、正確な地図を作ってこの大陸すべてのポイントに到達した証拠を設置する必要があるのだが、我々はそんなことをする必要がない。

氷の下に埋まっている、古代魔法文明時代の遺産を回収するだけでいいのだから。

「人も魔族も住めないこのような大陸の氷の下にあるということは、きっと我らがこの世界を統べることも可能な、もの凄(すご)い遺産が眠っているはずだ。人間たちに出し抜かれないよう、必ず我らがそれを手に入れようではないか」

強くて知性的な魔族が、弱くてバカで数ばかりの人間を支配する。

さすれば、衆愚政治に陥ることもあるまい。

必ずや北極点の氷の下にあるとされる遺産を手に入れ、我々による世界統一の第一歩を歩みだすのだ。

＊　＊　＊

「これが、北の氷の大地かぁ……南端海岸には、砂浜や岩くらいは見えるようだな。魔導飛行船で北上するのは危険なのか……」

「そうだね。魔物の領域にぶつかって引き返した探索隊の報告によると、毎日必ず強力なブリザードが吹き荒れるそうだ。魔導飛行船だと墜落する危険があり、貴重な魔導飛行船を失うリスクは避けたい。探索隊は、フィリップ公爵領産の狼犬が引くソリを用いたってわけ」

「なるほど（昔の地球の南極探検みたいだ。タロウ、ジロウみたいなのが頑張っているのか）」

ペーターとエメラ、俺とテレーゼの極秘結婚式が終わり、その数日後に親善友好団はすべての日程を消化して王都へと戻っていった。

数日間俺たちと行動を共にしていた導師だが、なぜか王太子殿下の船に乗って王都へと戻ると言う。

俺の『瞬間移動』で戻れば、二日近くの移動時間を短縮できるのに……実は導師、ヴァルド王太子殿下と仲がよかったのかな？

彼らを見送ったあと、俺たちもバウマイスター辺境伯領に戻ろうと思ったのだが、なぜかペーターから北の大地に遊びに行かないかと誘われてしまった。

俺には仕事があったので断ろうと思ったのだが、魔導携帯通信機でローデリヒに相談すると、なぜか彼は許可を出した。

さすがの俺でも、水面下でなにかが起こりつつあることを感じながらも、帝国政府がチャーターした魔導飛行船に乗せられ、北の大陸の南端部にある帝国が設営したベースキャンプにたった今到着したところなのだ。

「見てよ、ヴェンデリン。あそこ、見えるかな？」

「あそこ？　ベースキャンプの設営中かな？　帝国はもう一隊、探索隊を新たに派遣したのか？」

「まさか。それなら同じベースキャンプに滞在させるよ。どうやらヴァルド殿下が指揮を執っているようだね」

「ヴァルド殿下？　王国は北の大陸にも手を出したのか……」

「みたいだね。帝国の探索隊が魔物の領域のせいで撤退したっていう情報を知られてしまったようだね。今ならばなにかしらの利益を得られると判断した。もしくは……」

「もしくは？」

「この前の内乱では、帝国領内の地下遺跡から発掘された古代魔法文明時代の魔道具が多数軍事転用された。この北の大地でも、なにかが見つかるかもしれないと判断した、といったところだろうね」

「なるほど……」

さすがに、どういう状況か理解できた。

実はヴァルド殿下は王都に戻らず、一度魔導飛行船を南下させる欺瞞行動を取ってから、北の大陸に向かっていたのだ。

そして王国も、北の大陸にベースキャンプを設営し始めた。

帝国に見つかるような場所に設営したのは、この北の大陸では魔導飛行船を着陸させられる場所が非常に限られていたからだ。

「どうやら導師は、あっちにいるみたいだね。どうりで僕が誘っても来ないわけだ。そして王国の探索隊に参加すると思う」

「だろうな」

導師は、そういうのが好きそうだからなぁ。

喜んで探索隊に加わりそうだ。

「う――――ん。これは競争になるかもしれないね。僕も早急に探索隊を再編成して出発させることにするよ」

国家の威信をかけた、北の大陸を巡る探索競争というわけか。

過去の地球であった、各国で競争になった北極探索によく似ているな。

両国が直接刃を交えるわけではなく、北の大陸の権利を主張できるのは、この大陸の詳細な地図を先に作った方だ。

これは近代国家としては当たり前のことで、どんな土地かよくわかっていないのに領有権を主張しても相手にしてもらえないからだ。

「ヴェンデリンはお休みで」

俺は、王国貴族なのに中立扱いなのか……。

ペーターからすれば、俺が王国の探索隊に参加しなかっただけで、帝国側が有利になると考えているのであろう。

「導師がいるけどな！」

「帝国だって、トップクラスの精鋭魔導師部隊を同行させるからね。そこまで不利ってこともないと思うんだよ。大体、導師一人だけが頑張っても、他の探索隊のメンバーたちがついてこられないんじゃないの？」

「それはあるか……」

導師なら、この氷と極寒の大陸でもいつもどおり突き進んでいくと思うが、他の探索隊メンバーがついてこられないのでは意味がない。

目標は魔物の殲滅ではなく、北の大陸の詳細を把握し地図を作ることなのだから、個人の戦闘力よりは、探索隊のチームワークの方が重要というわけだ。

導師が一番苦手な分野だ。

「しかし、俺に参加してほしくないのなら、どうしてこの北の大陸まで呼び寄せた？」

「万が一の備えってやつだね。なにしろ未知の大陸だ。どれだけ凶暴な魔物が出現するかわからないじゃないか」

仮に両国の探索隊に危機が発生したり、とんでもない脅威を発見した場合、俺たちがそれに対処するということか。

「俺もですか？」

「ブランタークもベテランだからお願いしたい。でも、導師と一緒に北の氷の大地を観測するよりはマシでしょう？」

「確かにそうですな。少し、寒いを通り越していますから」

いまだに子供心いっぱいの導師と共に探索隊に参加したら、ブランタークさんも疲れてしまうだろうからな。

それなら、なにかあった時にだけ俺の手助けをしたほうがマシというわけだ。

「ペーターは、ヴァルド殿下の探索隊にも配慮するんだな」

「もしなにかあると、両国の関係が悪化してしまうからね」

「でも、ヴァルド殿下は北の大陸の権利を得ようとしているぞ」

「うちも探索隊を出しているから負けるとは限らないし、もしもの時はヘルムート王国から買い取ってしまえばいい。正式に交渉して買い取ってしまえば、北の大陸は帝国のものとなる。ほとんど人が住めない氷の大陸だからね。現時点でふっかけるのは難しいんじゃないかな？」

もし王国が帝国を出し抜いても、南方の探索や開拓を優先したい王国は北の大陸の開発を後回しにしたいはず。

さらに帝国領を挟んで数千キロも離れているので、北の大陸を領有したままだと、かえって持て余す可能性も高かった。

飛び地の管理は、コストばかりかかり面倒だからだ。

「北の大陸はどうせ帝国のものになるからね。それなら安全に気を使って、ここにヴェンデリンを配置した方がいいのさ」

「はあ……」

俺はバランサーであり、両国の探索隊になにかあった時すぐに出せる即応戦力というわけか。

「なら探索はやる気のある方々にお任せして、俺たちは氷の大陸で遊ぶとするかな。寒いけど」

「それでいいんじゃないの？　エメラは連れてこなかったから、僕はベースキャンプで第二次探索隊の成果を持つとするよ」

北の大陸は、北極に似ているような……でも、大陸自体はあるから南極か？

どっちでもいいけど。

両国の探索隊が、国家の威信をかけて世界の北の果てを目指している……俺はこの世界が丸いと思っているので、世界の果ての存在は信じていない。

まずは、北極点を目指すのが正しいと思うが……。

「遊んでいていいというのなら喜んでそうするけど、ここは寒いからなぁ……」

エリーゼたちはいいけど、フリードリヒたちは連れてこられないな。

赤ん坊に極寒の地は厳しいし、風邪を引いてしまう可能性が高いのだから。

「とりあえず、エリーゼたちを呼ぼう」

ヘルムート王国貴族である俺が言うのも他人事(ひとごと)みたいだが、両国の国家の威信をかけた探索隊が、北の大陸の詳細を知るために出発するわけか。

「世界の果てにある壁に辿り着けるといいんだけどね。いまだ誰も辿り着いていないから、帝国の探索隊がこれを成し遂げたら、歴史に残る偉業なんだけどなぁ。皇帝である僕としては、内乱のあとというのもあって、そういう細かいポイントを稼いでおきたいんだよね」

「壁？」

「意外だな。よく本を読んでいるはずなのに、ヴェンデリンは知らなかったのかい？　東西南北、この世界の果てには、絶対に誰も一番上まで登りきれない壁があるんだよ」

「そうなんだ……」

ペーターがえらく自信ありげに言うから、もしかしたら本当にこの世界の果てには壁が存在するのかも……そんなわけないよね？

俺はこの世界も地球のように丸い星だと思っていたのだが、もしかすると西洋ファンタジー風な世界だから、本当に四方に壁がある？

でも、誰も到達したことがないとペーターが言っているから、あくまでも学説でしかない？

「（……とにかくエリーゼたちを呼ぼう）」

俺は学者ではないし、極寒の土地を北上するような探索は寒いので嫌だ。

そういうことは、あまり考えないようにしよう。

北の大陸南岸にある帝国のベースキャンプで俺は、エリーゼたちを呼び寄せて地球でいう北極や南極のような場所の観光をすることに決めたのであった。

＊　＊　＊

「教会でも、この世界の四方には壁があると伝わっています。その昔、この世界は長方形の大地が巨大な亀の甲羅に載っているのだと唱えた学者がいて、当時は大論争になったそうです。この世界で地震が発生するのは、大地を甲羅に載せた亀が歩いた際にその大地を揺らしてしまうからとか。この説には説得力があったので、支持する人たちは意外と多かったとも聞きます。ですが、今ではトンデモ学説扱いですね」

「なるほど……。世界が巨大な亀の甲羅の上に載っているねぇ……随分と大きな亀だな」

「ヴェルはよく本を読むのに知らなかったの？」

「（興味なかったんだよなぁ）知ってはいたけど、俺は別の可能性を考えていたから」

帝国のベースキャンプの隣で、俺たちは同じような宿営地を設営し、そこで寝泊まりをしながら北の大陸を観光することにした。

地球でも北極や南極への観光ツアーがあるが、それと同じようなものだ。

大貴族ならではの道楽だな。

すでに導師を隊長とする王国の探索隊も、ペーターが精鋭を集めた帝国の第二次探索隊も、北の果てにあるとされる壁を目指して出発している。

俺からすると、やはり世界の果てに壁があるなんてことは信じられないのだが、学者でもない俺がこの世界は丸いと力説したところで、誰も信じてくれないだろう。

なにより、この世界は地球ではない別の世界なのだ。

本当に世界の果てに壁があるかもしれない……やっぱり、そんなわけないと思うんだけどなぁ。

エリーゼ曰く、教会がその学説を推しているから、それを信じている人たちは多いのだとか。

教会にそう言われると、無条件に信じてしまうのだろう。

「別の可能性？　ヴェルは、この世界は壁に囲まれていないと思っているの？」

「ああ、この世界は球体だと思う」

太陽や月の動きを見ると、この世界も丸いはずだ。

少なくとも、世界の果てに壁がある、よりも説得力があると思うんだよなぁ。

「でもさぁ、ヴェル。大地は真っ平らじゃない」

「それはこの世界があまりに巨大な球形だから、ちっぽけな人間からしたら平らに感じてしまうのさ」

俺はルイーゼに、この世界は球状である可能性が高いと説明した。

「でもさぁ、本当にこの世界が丸かったら、反対側に行ったら、空に向かって真っ逆さまに落ちちゃうよ」

「落ちないさ。だって、俺たちは魔法や魔導飛行船を用いない限り常に地面に吸い寄せられている状態じゃないか。空に落ちるわけがないし、さっきの疑問と同じことさ。あまりに巨大な球体だから、移動してもずっと真っ平らに感じてしまうのさ」

「ふ――――ん。なんかよくわからないけど、ヴェルがそう言うのならそうかもね」

直感力に優れたルイーゼが納得したってことは、この世界はやはり地球と同じく球体なんだろう。

しかし元々文系の俺からすると、この世界が丸いことを他人に説明するのは難しいな。

みんな、織田信長（本物）くらい理解力があればいいのだけど。

物理も苦手だったので、重力を説明するのも非常に困難だ。

こうなるんだったら、ちゃんと勉強しておけば……もう学校の勉強はいいか。

「お館(やかた)様、この北の大陸はアキツシマ島(トウ)と違ってずっと寒いのか？」

「海岸沿いには砂浜や岩場が見えるけど、少し内陸部に入るともう厚い氷に覆われている。ずっと寒いままだから、地面を覆った氷が溶けないのさ」

「なるほどな」

「うわぁ、本当に氷しかない」

「ヴェンデリン様、あそこに変わった鳥がいっぱいいますよ」

ルルと藤子(フジコ)が、年相応の子供らしく北の大陸を見てはしゃいでいた。

ヘルムート王国とアーカート神聖帝国による北の大陸探索競争の行方を気にしたところで仕方がないので、俺たちは泊まっている宿営地の周囲を観光と遊び目的で探索することにした。

全員が、キャンディーさん自作のシルバーエイプスの毛皮を用いた防寒着に身を包み、未知の大陸の内陸部へと入っていく。

俺は写真やテレビ番組ぐらいでしか南極大陸を見たことがないけど、多分似たような風景なんじゃないかなと思う。

地球の北極とは違って、北の大陸は大地の上を厚い氷が覆っているようだ。

南部の海岸沿いには岩場や砂浜が少し残っており、そこに両国も俺たちも長期的に滞在可能な施設を設置していた。

キャンディーさんにオーダーメイドで作ってもらったフードつきの防寒着を身に纏(まと)い、分厚い手袋をし、スパイクのついた防寒ブーツ姿で北に向かって少し歩いていく。

するとルルが、二足歩行をしている背中は黒っぽく、お腹は白い鳥の群れを発見した。

俺にはペンギンにしか見えないが、まさか北極にペンギンがいるとは思わなかった。

正確にはここは地球の南極のような大陸だから、ペンギンに似た鳥が生息していても、別におかしくはないのだけど。

「お館様、あの鳥は飛ばないんだな」

「この大陸の内陸部は毎日吹雪(ふぶ)くから、飛ぶ必要がないというか、飛ばない方が安全なのかもしれない」

「なるほど」

藤子は、ペンギンたちを興味深そうに見ていた。

「ヴェンデリン様、あの鳥に名前はあるのですか？」

「どうなのかな？」

フィリーネから鳥の名前を聞かれたが、地球ではペンギンだが、この世界だとどうなんだろう？

先にこの大陸に上陸した両国の探索隊の人たちに、あとで聞いてみよう。

「あの鳥は、食べられるのでしょうか？」

「う――――ん、よくわからないなぁ。美味しそうには見えないけど……」

さすがは導師を気に入っているフィリーネ、ペンギンに似た鳥が食べられるかどうか聞いてきた。

個人的には無理して食べる必要もないと思うけど、もしもこの北の大陸で食料不足になった際は、ペンギンを食べる必要が……そんな機会が訪れないことを祈ろう。

まあ、俺たちは魔法の袋に大量の食料を持っているから、食料不足の心配はないのだが。

「ヴェル、あいつらの臭い（におい）が風で飛ばされてきたが、やけに臭いな。無理に食べる必要ないと思うぜ」

「そうだな」

エルの言うとおり、これは動物園や水族館で嗅いだよりも強烈な臭いだが……。

そういえば、ペンギンって臭かったんだ。

ペンギン自体が臭うというよりも、魚を主食とするペンギンの排泄（はいせつ）物が非常に臭く、少し離れているペンギンの群れから、風に乗ってかなりの臭気が流れてきた。

「可愛(かわい)らしい鳥なのに、臭いとは残念だ」

「そうだね、食べても美味しくなさそうだもの」

「ヴェンデリン様、他の美味しそうなものを探しましょう」

普段はお留守番ばかりなので藤子、ルル、フィリーネを連れてきたが、この氷で覆われた大陸はあまり見るべきところがないというか……。

ペンギンの群れと宿営地を遠くから見たら、あとは退屈になってしまった。

「もう少し内陸部に行くと、吹雪の影響で氷の上に雪が積もっているようだな。これならアレで遊べるか」

「お館様、アレとは？」

「じゃじゃぁ――――ん、『スノーソリ』だ」

犬ゾリではなく、子供が遊ぶような小さなソリを用意しておいたので、これに藤子たちを順番に乗せ、『念力』で動かしてあげた。

ソリは、吹雪で積もった雪と氷の上を快調に走っていき、子供組はソリ遊びを楽しんでいた。

ルイーゼたちも、カタリーナやテレーゼ、リサに頼んでソリを『念力』で動かしてもらっている。

すでに子供がいる俺たちだけど、たまにはこうやって童心に返って雪遊びをするのもいいものだ。

「カタリーナ、もっと早くソリを走らせてよ」

「ルイーゼさん、あなたは子供ではないではありませんか」

「ちっ、ちっ、ちっ。わかってないなぁ、たまに童心に返って遊ぶのはいいことなんだよ」

「そうだよな。ひょぉ――――！　速いぜ！」

「楽しいわね」

ルイーゼはカタリーナに、カチヤはリサから、アマーリエ義姉さんはテレーゼから『念力』でソリを走らせてもらっていた。

まあ、楽しければいいんじゃないかな。

「ヴェル様、あそこに湖がある」

「湖？」

「凍っているけど」

ルイーゼと同じく目がいいヴィルマが湖を見つけたというのでそこに向かってみると、確かに氷に覆われた小さな湖があった。

「あなた、この湖は完全に凍っているのでしょうか？」

「どうかな？　探ってみるか」

俺は『水流』をスクリューのように回転させながら、湖の上の氷を取り除き始めた。

この湖の水がすべて凍っているのか、それとも分厚い氷の下には凍っていない湖水があるのか。

もし水があれば、ここでワカサギ釣りができたりして……そんなに甘くはないか。

駄目元で湖を覆っている氷に穴を開けてみると、なんとこの湖は五十センチほどの氷の層の下に水が残っていた。

「完全に凍っていなかったな、なら！」

「あなた？」

「こんなこともあろうかと！」

俺は、魔法の袋からワカサギ釣り用の釣り竿と仕掛けと餌を取り出した。

これらは、すべてバウルブルクの職人に作らせていたものだ。

「随分と細い竿と糸ですね」

「小さい魚だと、このぐらい細くしないとアタリがわからないからね」

俺は小さなリール竿と細い仕掛けを用意し、餌は虫を用意できなかったので、肉を小さくちぎり極小の針につけて、穴から水の中に落とした。

「なにか魚がいればいいけど……」

こういうシチュエーションなので、ワカサギが釣れてほしい。

などと思っていると、リール竿に小さなアタリがあった。

すぐに合わせてリールを巻いていくと小さな魚が針についており、よく見るとそれはワカサギにとてもよく似ていた。

「釣れた！」

急ぎ毒があるかを『探知』するが、この小魚は大丈夫であった。

あとは味が問題になるな。

「(ワカサギに似た魚が釣れたってことは、これを釣りながら天ぷらやフリッターにすれば……余ったら、佃煮にするという手もあるな)」

北の大陸は思ったよりも退屈そうなので、みんなでワカサギ釣りをして遊べれば最高だと思い、さらに試し釣りを続ける。

「(ちょうどテントを用意しておいてよかった。子供組は退屈しているみたいだから、こちらに呼ぼう）お――――い！　藤子、ルル、フィリーネ！」

俺は、まだペンギンを見ていた藤子たちを呼び、設営したワカサギ用テントの中に入れて釣りをさせることにした。

このワカサギ用のテントも、もしもの時に備えてバウルブルクの職人に試作させ、魔法の袋に入れておいたものだ。

「こんなに冷たい湖の水が、完全に凍っていないんですね」

「水底のどこかから温かい水が出ているのか、それとも……少し水がしょっぱいから、一部海と繋がっているのかもしれない」

湖水を舐めてみると、少し塩辛い。

塩水は凍りにくいのだと、フィリーネに説明しながら魔法で氷に釣り用の穴を開け、魔法の袋から取り出したリール竿を渡す。

一通り釣り方を教えると、三人はテントの中でワカサギに似た――よく似ているからもうワカサギでいいだろう――を釣り始めた。

「難しいな」

「釣れました」

「ルルは上手だな」

「ヴェンデリン様、私も釣れました」

「おっ、俺も釣れたぞ」

これまで誰も釣りをしたことがない湖なので、魚影が濃いようだな。

釣りは初心者ながらも、三人はワカサギを釣ることに成功した。

「エリーゼもやってみたら？」

「はい、面白そうですね」

俺もエリーゼもワカサギ釣りを始めるが、面白いように沢山釣れるな。

一時間ほどでバケツいっぱいになったところで日が暮れてきたので、今日はこれでワカサギ釣りは終了となった。

帝国のベースキャンプに隣接する宿営地に戻ると、急ぎ釣ったワカサギを使って天ぷらを揚げることにする。

せっかくワカサギに似た魚を釣ったのだから、これは是非とも天ぷらにして味見をしなければ。

「こういう小さなお魚は、天ぷらにすると美味しい」

他にも女性陣が作った料理は沢山あったが、せっかくのワカサギだからな。

この寒い北の大陸で、揚げたてのワカサギの天ぷらを食するのは最高なはずだ。

「ミズホで購入したナタネ油を鍋で熱しておいて、その間に衣を作ろう」

ワカサギの天ぷらは、ワカサギの繊細な味を楽しむためと、衣が焦げないように卵は入れない方がいい。

少なくとも、俺は入れない。

「小麦粉と、少量の塩と、氷水で衣を作るけど、あまり混ぜすぎないように。ワカサギはちゃんと下処理してくれ」

「ヴェンデリン様、お腹を押すとニュルっと出てきました」

「そんなに味は変わらないけど、気分的な問題もあるから」

ワカサギは、少しお腹を押すとお尻の穴から小さなフンが出てくる。

これを取り除く作業をみんなに頼んだのだ。

そのあと、軽く水洗いしてヌメリを取るのも忘れていないぞ。

「下処理を済ませたワカサギに衣をつけて、油の温度はちょうどいいかな？」

魔導コンロで熱した大鍋の中の油の温度を確認する。

「大鍋に入った油の中に衣を少し落として、油の表面と鍋底の間くらいまで沈んでから、再び浮かび上がったら適温だ。ようし、いいぞ」

天ぷらに最適な百八十度近くまで油が温まったので、俺は衣をつけたワカサギを次々と熱した油に投入していく。

すると、美味しそうな天ぷらの揚がる音が聞こえてきた。

「ヴェル様、美味しそう」

「もう少し待ってくれ。ワカサギは小さいからすぐに揚がるから」

最初は大きかったワカサギから出る泡が小さくなり、浮かび上がってきたら揚げ終わりの合図だ。

菜箸で持ったままよく油を切ってから、用意した特注品の網の上に置いてさらに油を切っていく。

本当はキッチンペーパーがあればいいんだけど、この世界で使い捨ての紙は贅沢品なので、職人に頼んで油切り用の網を作ってもらったのだ。

「用意した、天ツユ、塩で食べると美味しい。はい、ヴィルマ」

俺は揚がったワカサギの天ぷらを、一番お腹を空かせているヴィルマに渡した。

まず彼女は、なにもつけずにワカサギの天ぷらを食べ始めた。

「外側はカリっと揚がっていて、中のお魚はホクホクで美味しい」

「このぐらいの揚げ具合でいいみたいだな。次々と揚げて食べよう」

まさか、北極のような場所にワカサギがいるとは思わなかった。

そういえばワカサギって、フィリップ公爵領とかミズホ公爵領にいたかな？

「こんな魚おったかの？　いればミズホ人のことだ。大喜びで捕まえて食べるだろうに。これは美味しいの。塩がいい」

テレーゼは、塩をつけたワカサギの天ぷらを美味しそうに食べていた。

もしかすると、この世界のワカサギってこの北の大陸にしかいないのかな？

これまで前人未到で、さらに生息する湖の表面がいつも氷で覆われているから、他の土地に移動できなかったとか？

「ブライヒブルクの食堂で出た、川魚の揚げ物よりも美味しいな。川魚特有のクセがないしな」

昔、エルたちとブライヒブルクの食堂で食べた、川で獲（と）れた小魚に小麦粉をつけて獲物の脂肪分から作ったラードで揚げた唐揚げは庶民の味だったけど、少し癖があるのが難点だった。

ミズホ産の高級ナタネ油と、ワカサギの組み合わせは最高じゃないか。

「念のため、カレー粉を混ぜた衣で揚げたワカサギもあるけど」

「俺はどちらも好きだな」

「ヴェンデリン様、『かれー天ぷら』美味しいです」

「寒い時に、揚げたての天ぷらは最高ですね」

藤子も、ルルも、フィリーネも喜んでくれてよかった。

子供はカレー風味が大好きだからな。

「こっちの、衣に緑色の粒が混じっている天ぷらも美味しいわね」

「それは、衣に青海苔を混ぜたやつだから、青海苔の風味がいいでしょう？」

「ヴェル、これは？」

「ワカサギを青じそで巻いてから、天ぷらにしたやつ」

「さっぱりしていて美味しいね」

イーナは、ワカサギの磯部天ぷらを。

ルイーゼは、ワカサギの青じそ天ぷらを美味しそうに食べていた。

「エリーゼ、交代するぜ」

「カチヤさん、大丈夫ですか？」

「旦那、コツを教えてくれ」

「私も一緒に揚げましょう」

「すまないな、アマーリエ」

「ボクも手伝う」

食べる人が多いので鍋と揚げる人を増やしたのだが、なにしろワカサギは一匹一匹が小さいので
バケツ一杯ぶんのワカサギが思ったよりも早くなくなってしまった。

「残念だね。多分このお魚、大きすぎると美味しくなくなっちゃうのかもしれないけど」

「ああ、それはあるかもしれないわね」

ルイーゼとアマーリエ義姉さんは、ワカサギが思ったよりも早くなくなってしまって、天ぷらを揚げる練習にならなかったと思っているようだ。

ワカサギが大きすぎると……それはただの魚かもしれないな。

「ヴェル様、もっと食べたい」

「もうないから、明日はあの湖で、みんなでワカサギ釣りかな」

「明日、頑張って釣る！」

今日は俺とエリーゼと子供組のみで釣ったが、大人数が存分にワカサギを楽しむためには、みんなで釣らなければならないだろう。

「明日は、みんなでワカサギ釣り大会だな。道具や、寒さを防ぐテントを用意しておこう」

とはいえ、実はこんなこともあろうかと……というか、試作品を山ほど魔法の袋に収納していたので、大人数でもワカサギ釣りを楽しめるというわけだ。

「明日はワカサギ釣り大会だ」

「あなた、『ワカサギ』って小さなお魚の名前ですか？　これまで誰も見たことがないお魚なのに、もしかして大昔の本に書かれていたとか？」

「いや、適当に名付けた。最初に見つけた人が名付けて問題ないだろうって」

「それもそうですね」

本当は元々よく似た魚を知っていたからなんだけど、それをみんなに教えるわけにもいかない。

＊　＊　＊

「ヴェル、岩場でなにを探しているの？」

「釣りの餌だよ。昨日は肉を極小にちぎって使ったんだけど、この大陸にはワカサギが食べる餌があるはずと思って海岸付近の岩場を探してみたら……」

白サシ（ウジ）は、釣具屋から買うのならいいが採取するのが難しいし、女性陣の中には苦手な人も多いだろうから、早起きしていい餌を探していたのだ。

プランクトンを採取して釣り針につけるのは難しいので、岩場や浅い海を探していたら、砂浜に打ちあげられていたり、海面近くを漂うオキアミに似た小型のエビを見つけることができた。

殻を取って中の身を使えば、肉よりも食いつきがいいかもしれない。

「ヴェル、これはエビ？　海の中にいっぱいいそうね」

「この大陸の生き物たちを支える大切な存在なのさ」

オキアミは魚の餌となり、魚はペンギンや、いればアザラシやトドの餌となる。

さらに彼らを捕食するイッカク、シャチ、シロクマとかもいるかもしれないな。

この極寒の大陸において繁殖できるのは、この小さなオキアミのおかげなのだと思う。

「北の大陸の植物はコケくらいだから、この小さなエビが大陸に住む多くの生物たちの命を支えているんだと思う」

「ヴェル、学者みたいね」

「あくまでも俺の推論だけど」

イーナがえらく感心しているが、すべて前世の知識をパクっただけだ。

これだけオキアミがいるということは、この大陸の生物や魔物は意外と多いのかもしれない。

「魔物の領域があったり、飛べない変わった鳥もいたりで、帝国の探索隊も導師たちも大丈夫なのかしら？」

「大丈夫だとは思うんだけど……」

多分大丈夫だろうと思うことにして、今日はみんなで釣りを楽しむことにしよう。

釣れたワカサギで、今日も天ぷらパーティーだ。

どうせなにかあったら、俺たちは忙しくなるのだから。

＊　＊　＊

「旦那、準備完了だぜ。姉御の方は？」

「終わりました。これで全員が、時おり訪れる吹雪に凍えないで済みますね」

「ヴェル様、早く釣る」

「みんな、いっぱい釣ってくれよ」

今日は、ハルカ、涼子（リョウコ）、雪（ユキ）、アグネス、ベッティ、シンディたちもワカサギ釣りに参加しに来ており、みんなで寒さを防ぐワカサギ釣り用のテントをいくつか張ったり、魔法で氷に穴を開けたりして準備を整えた。そしてリール竿の使い方や餌のつけ方などのレクチャーを受けたあと、それぞれ設置したテントに散ってワカサギ釣りを始めた。

「ヴェル様、頑張って釣る」

「釣ったワカサギをくれたら、すぐに揚げてあげるから」

「沢山釣る」

同じテントになったヴィルマはすぐにお腹が空いてしまうので、俺とエリーゼで油の入った鍋を熱して待機しながら釣りをすることにした。

「はい、ワカサギ」

「早っ！」

ヴィルマは、すぐに十匹ほどのワカサギを釣って俺に手渡した。

よほどお腹が空いている――さっき朝食を食べたばかり――まあ、ヴィルマだからなぁ。

「揚がりましたよ」

同じテントで釣りをしているフィリーネが、エリーゼから天ぷらの揚げ方を習っていたが、すぐ上手に揚げられるようになったようだ。

お皿に載った天ぷらを、ヴィルマに差し出した。

「美味しい、ご馳走様」

しかしながら、わずか十匹程度のワカサギでは、ヴィルマからしたら前菜にもならなかったようだ。

すぐにお皿が空になってしまう。

「もっと沢山釣る。針が少ないかも」

「針が多すぎると、かえって扱いが面倒になって釣れるスピードが落ちるぞ」

「なるほど、さすがはヴェル様」

今でもみんな、六本の針がついた仕掛けを使っているので、これ以上増やしても仕方がない。

針を増やしすぎると、餌の付け替えや、絡まないように扱うのが難しくなってしまうからだ。

「手返しを早くだ。それと、この針外しを用いるといい」

ワカサギを手早く沢山釣るには、針外しを用いた方がいい。

これも職人に試作させていたので、ヴィルマに使い方を教えたらみんなにも配らないと。

針外しの利点の一つに、直接魚に触れずに済むというのもある。

魚が苦手な女性陣は喜ぶ……この世界の女性はそうでもないか？

「こうやって、ワカサギがかかった針の近くのラインを手で持ちながら、針外しのスリットの間を通す。するとワカサギの口は柔らかいから、スリットの間に引っかかった際にちぎれて針が外れてしまうんだ」

「なるほど。だとすると、あまり深く針がかりさせない方がいいかも」

「そういうこと」

さすがは釣りガール（死語）ヴィルマ。

すぐにワカサギ釣りのコツを掴（つか）んで、テキパキと素早い手返しで釣り始めた。

「他のテントにも針外しを配って使い方を教えよう」

俺は各テントを回り、針外しの設置と使い方を教えて回った。

「涼子、調子はどう？」

「すぐに釣れて楽しいです。雪には勝てませんけど」

「うわぁ、雪は沢山釣れているなぁ」

雪は、ヴィルマの次くらいには釣れているようだ。

秋津島御殿にいた頃、食費を節約するため釣りをしていたというだけのことはあるな。

「お館様、この魚は随分小さいですけど、これで成魚なのでしょうか？」

「みたいだね。アキツシマ島にはこれに似た魚はいないのかな？」

「ええ、多分この小魚は、暑い場所では生きていけないのでしょうね」

一瞬でワカサギの生態を見抜くとは、さすがは教養人だな、雪は。

「ある程度釣れたら持ってきてくれ、天ぷらを揚げるから」

「わかりました。今日は唯殿が留守をしてくれているので、楽しい休日となりました。私も涼子様もつい最近まで島を出たことがなかったので、このような氷の大陸を見ると感動してしまいます」

「観光で来る分には楽しいよな。住むのは大変そうだけど」

「ええ、正直なところそう思います」

南部の海岸沿いのみに岩場や砂場がわずかにあるだけで、残りは分厚い氷に覆われている大陸だ。

優れた為政者である雪からしたら、植民は難しいと理解しているのであろう。

「釣れました！」

「涼子様、六本の針に全部ついていますね。凄いです。早速針外しを使ってみましょう」

「本当に簡単に外れますね。お館様、ありがとうございます」

「ふふっ、秋津島の代官殿よ。俺も沢山釣れているぞ」

「ルルの方が釣れてないか？」

「フジコちゃんは、早く仕掛けを上げすぎなんだよ」

「アタリがあったから、素早く仕掛けを上げたんだ。こういう時は、チャンスを逃してはいけない」

「とはいえ、ルルの方が釣れているな。魚の活性がいいようだから、少し待っても大丈夫だぞ」

どうやら、早く合わせると一匹とか二匹しか釣れないようだな。

少し時間を置いてから合わせているルルの方が三匹とか四匹釣れているから、そうした方が一度に沢山釣れるみたいだ。

「時に、少し待つことも大切だぞ。ちょうどいいタイミングってのがあるんだから」

「性分に合わないが……確かに、少し待った方が釣れるな」

俺のアドバイスに従った藤子の釣果も増え、これなら夕食でワカサギ不足になることはないようだ。

「じゃあ、他のテントにも針外しを配ってくるから」

その後すべてのテントを回り、針外しを渡してその使い方をレクチャーした俺が自分のテントに戻ると、早速釣れたワカサギを持ってきた者が。

一番調子よく釣っていた雪かと思ってその人物を確認すると、それは意外な人物であった。

「やあ、ヴェンデリン」

「うわっ！　ペーターかよ」

「楽しそうなことをしているじゃないか。僕も参加させてよ」

「だそうです、先生」

ペーターに続き、護衛役のマルクと、いきなりテントに乱入されて困惑したであろうアグネスも姿を見せた。

「お前、俺に直接言えよ」

「だってさぁ、どのテントにヴェンデリンがいるのかわからなかったんだよ。そこで、アグネス君に案内してもらったってわけ」

「いきなり皇帝陛下が入ってきたので驚きましたよ」

「それはそうだ」

アグネスは平民なので、たとえ他国とはいえテントの中に皇帝陛下が乱入してきたら驚いて当然であろう。

「ははは、すまないね。アグネス君、案内してくれてありがとう」

「アグネス、夕食に備えていっぱい釣ってくれよ」

「わかりました。先生のためにもいっぱい釣りますから」

ずっと皇帝陛下と同じテントの中にいるプレッシャーに耐えられなかったのであろう。

アグネスは、すぐに自分のテントに戻ってしまった。

「数釣(かずつ)りだね」

「そうだよ。小さいから、沢山釣らないと夕食が足りなくなる」

「ヴィルマさんがいるから、本当に沢山釣らないとね。マルクも頑張ってね」

「わかりました」

俺が、魔法の袋から取り出した釣り竿をペーターとマルクに渡すと、すぐにヴィルマを真似てワカサギ釣りを始めた。

「おおっ、すぐに釣れて面白いね」

「探索隊は放置してていいのか？」

「僕が追加メンバーを加えて送り出したけど、任せた以上は見守るしかないんだよ。責任のみを取るという、責任者は本当に辛いなって心境なわけ」

その割には、俺の隣で楽しそうにワカサギを釣っているが、確かにずっとベースキャンプで難しい顔をしながら待機していても意味はないのか。

なにかあったら、その都度対応すればいいのだから。

「王国の探索隊、思った以上に苦戦しているみたいだよ」

「えっ？　導師がいてか？」

「導師が隊長の探索隊だって聞くと、『凄い！　絶対に成功しそう！』って考えるじゃない。でも、必ずしもそうとは言えないよね？」

「確かにそうかもな」

いくら導師が個で最強でも、相手は未知の大陸と魔物の領域と魔物だ。

しかも、探索隊の目標は魔物を狩ることではなく、北の大陸の全容を知ることなのだから。

「帝国の探索隊は、導師ほど優れた魔法使いはいないけど、数を揃えたからね。導師以外は、若手貴族やその家臣たちが多い王国の探索隊よりも総合力で勝っているから。どうやらヴァルド殿下は、追加で王国本土から援軍を呼んでいるみたいだね」

「俺には声がかからなかったのか」

それでいいはずなのに、なぜか不安になる俺は社畜かもしれない。

「それは当たり前だよ」

「そうなのか？」

「だって、王国は僕たちの動きを見て急遽探索隊を投入したんだから。なにかあった際に、ヴェンデリンたちが後方にいた方がいいに決まっている。他にも理由はあるけどね」

「他にもあるのか」

俺はワカサギを釣りながら、ペーターの言葉を待った。

「ヴェンデリンは僕と個人的に仲がいい。ゆえに将来、君が帝国に寝返るのではないかと疑っている若手貴族たちがいる。さらに、ヴァルド殿下とも親戚になった。この事実に嫉妬している王国貴族たちからすれば、ヴェンデリンを探索隊に加えたくないよね。功績を奪われるから」

「なるほどな」

ヴァルド殿下は、親善友好団に参加していた若手貴族やその家臣たちで探索隊を組んでみたが、いまいち戦力的に自信を持てなかった。

だが、俺を加えると軋轢が生じてしまう。

そこで、導師が俺に呼ばれて帝都にいることを利用し、密かに彼を探索隊に加えた。

導師の場合、国王陛下と仲がいいので疑われることもないのか……。

もしくは、この人事にケチをつける勇気がないのかも。

なにしろ相手は導師だから。

「俺って、疑われているのかよ」

せっかくこれまで、別に好きでやっているわけではないけど、王国の社畜として頑張ってきたのに……。

「王国の陛下や、閣僚クラスの人たちは疑ってはいないんじゃないかな。でも、野心ある若手貴族たちからすれば、ライバルであるヴェンデリンを陥れたいよね。自分たちが成り上がるために」

ヴァルド殿下が国王になれば、彼らの中から引き上げられる貴族たちもいるはずだ。

そんな彼らの一番のライバルは……俺？

「いや、俺は領地に引き籠(こも)っていたいんだけど……」

「それはもう無理じゃないかな？　王国の本命は南方開拓じゃないか。重要な中継点に領地を持つヴェンデリンは、嫌でも注目を集めるからね」

「勝手に注目してくれていいけど、困った話だ」

他人からの讒訴(ざんそ)で追い落とされるなんて、歴史物だとよくある話だから怖い。

こういうことは、魔法では解決できないだろうしなぁ……。

「なにかあったら、家族で帝国に来ればいいさ」

「こらっ！　変な嘘(うそ)をヴェンデリンに吹き込むな！」

続けて突然テントの中に、大声と共にまたも意外な人物が飛び込んできた。

その人物とは、ヴァルド殿下とその護衛たちであった。

さらにその後ろに、非常に迷惑そうな表情を浮かべるイーナとエルがいる。

どうやらヴァルド殿下も、俺がどのテントにいるのかわからず、イーナとエルがいるテントに乱入したみたいだな。

「ペーター陛下、それは反則だろう」

「僕は嘘は言っていないよ。だって、若手貴族たちの中にヴェンデリンは帝国の皇帝に近くて信用できないから、領地を取り上げようって言っていた人たちもいるよね？」

「いないと言えば嘘になるが、そのような妄言、私も陛下も受け入れぬ。貴族にはどうしても一定数おかしなことを言い出す輩（やから）がいるのだ。そんな者たちの話をまともに聞き入れていたら王国が滅茶苦茶になってしまう。ヴェンデリンよ、そなたは私の親戚なのだ。安心するがいい」

「はあ……」

実は領地を取り上げられたら、それはそれで楽かもと、少し思ってしまった自分がいたのだ。

「(法衣侯爵で役職ナシ。冒険者として自由に活動できる。これって、かえって楽でいいんじゃないか？)」

いくら俺が魔法使いでも国家には逆らえないから、領地を取り上げられてもそれに抗（あらが）うのは難しい。

できることなら、家臣たちの将来に責任を持ってほしいくらいか。

「いや、そんなことをしたら領民たちが納得しないではないか。その前に、閣僚たちからボロクソに言われてしまう。ペーター陛下、今回の北の大陸探索については、お互いに妨害はせず紳士的に競争をするという密約を結んだではないか」

「そうだったね」

「そうなのか……」

ヴァルド殿下が北の大陸探索で動くと知ったペーターは、俺が知らないところで秘密協定を結んでいたのか。

なんとも用意のいいことで。

「王国の探索隊が先にこの北の大陸の地図を作っても、または逆の結果になっても、双方恨みっこナシ。もしかしたら氷の下に埋まっているかもしれない、古代魔法文明時代の遺物や遺跡の情報はすべて交換し合う。これが秘密協定の内容だ」

前人未到の北極点を目指すため、双方足を引っ張り合わず、あくまでも紳士的に競争するというわけか。

それは理解できたが、俺は両国の皇帝と王太子が結んだ極秘協定なんて知りたくもない小心者だというのに……。

「ペーター陛下、帝国の探索隊もさほど北上できていないと聞いているぞ」

「そうだったかな？」

ペーターが韜晦（とうかい）していることは、両国の探索隊にそれほどの差は出ていないということか。

そして、王国の探索隊もやはり苦戦しているのか……。

「導師がいてですか？」

「アームストロング導師は強いが……冒険者や魔法使いとして個で戦うのと、多くの人々を統率するのとでは勝手が違うようだな。彼は名ばかり隊長で、探索隊の指揮は苦手だ。実質的に探索隊の指揮を執っているのは副隊長で、王国軍で若手一番の有望株と言われているアシュフォード伯爵公子を任命したんだが……」

アシュフォード伯爵家は、軍務卿が回ってくる大物軍系貴族だ。

その跡継ぎが優れた軍人で、ヴァルド殿下が王になったら引き立てられるだろうとは噂されていた。

なお、俺も噂されているが、できれば引き立てないでほしいと願っているのは内緒だ。

「(軍勢の指揮と、未知の大陸を探索して地図を作る仕事ではまるで違うということなのかな?)」

余計なことを言うと探索隊に参加させられそうなので、俺はワカサギ釣りに集中し始めた。

「ミズホの言葉に、『果報は寝て待て』ってのがあるらしいからね。おっと、釣れた！　随分と小さい魚だけど、美味しいのかな?」

「どうぞ」

とここで、さりげなく揚げたばかりのワカサギの天ぷらを差し出すエリーゼ。

「これは美味しいね。でもすぐなくなる」

ワカサギの天ぷらを食べたペーターはその美味しさを絶賛したが、まだ食べ足りないと思ったようだ。

ますます気合を入れて、ワカサギ釣りに没頭し始めた。

「北の大陸の一年中氷に閉ざされた湖に、このような魚がいるとはな。もしかしたら、最初からヴェンデリンを探索隊に加えればよかったかな?」

「それは今さらだよ。もうそれは反則」

「わかっているさ」

ヴァルド殿下もワカサギ釣りに夢中になり、次第にペーターと砕けた口調で話すようになってき

た。

「(これって、俺が二人の仲を取り持っているように見えないか?)」

二人とも、素直に設営したベースキャンプで探索隊の成果を待っていればいいのに……。

「(仕方がない。今はワカサギ釣りを楽しむんだ)」

どうせ、探索隊になにかあった時に備えてここから離れられないのだ。

俺たちは今のうちに、ワカサギ釣りを存分に楽しむことにしよう。

両脇にペーターとヴァルド殿下が座って競うようにワカサギ釣りをしているせいもあり、このテントの空気を察知してか、子供組もアグネスたちも、夕方まで誰もテントにやってこなかったけどな!

＊　＊　＊

「なるほど。どうしてヴァルド殿下がバウマイスター辺境伯を重用しようとするのか、ますます理解できたな」

密偵が、このようなまったく遮蔽物(しゃへい)のない土地で諜報(ちょうほう)活動をするのは大変辛い。

なぜなら、密偵は監視相手から見つかってはいけないのに、目撃されてしまう危険が非常に高まるからだ。

並の密偵なら、このような場所での任務など引き受けないだろう。

プロとしての評価を落とさないよう、なにかしらの理由をつけて断るはずだ。

だが私は、この業界でも名の知れた密偵『シャドウ』だ。

いまだ誰もその素顔を知らず、ヴァルド殿下と顔を合わせている時も変装しているくらいだからな。

私のことはこれくらいにして。

バウマイスター辺境伯は、次第に老練な政治家としても成長しつつあるようだな。

彼はこれまでに、普通の貴族では考えられないほどの事件、トラブルに巻き込まれてきたが、その度に知己(ちき)や友人を増やしてきた。

帝国の皇帝陛下と友人関係にある王国貴族など、私はこれまでに聞いたことがなかった。

多分、これまでの歴史で初めてではないだろうか?

普通、隣国の皇帝と友人なら、それを利用して大出世を目指すものだが、バウマイスター辺境伯は決してそれをしない。

陛下やヴァルド殿下の命令には忠実だが、できれば中央に近寄りたくないという態度すら見せてしまう。

彼に嫉妬する貴族たちは、それをバウマイスター辺境伯家の芝居だと批判するが、どちらにしても、大した実績もないのに出世ばかり願う無能な貴族たちより、バウマイスター辺境伯が重用されるのは当然であろう。

現に今だって、帝国の皇帝陛下とヴァルド殿下の間に入って、上手くバランサーの役割を果たしているのだから。

これが両国にとって、どれだけの利益となっているか。

どうせバウマイスター辺境伯を嫌う貴族たちは、彼が帝国と内通しているなどと陰口を叩いたり、讒訴するであろうが、陛下とヴァルド殿下は決してそれを受け入れまい。

「バウマイスター辺境伯は、優れた魔法使いであり、大貴族であり、軍人でもあり、政治家でもあり、新しい文化、教養の担い手でもあるか」

多少料理方面に偏ってはいるが、今の王都の食文化を調べると、バウマイスター辺境伯が始めたものの比率は非常に高い。

人間はなにかを食べなければ生きていけないので、確実に彼は、ヘルムート三十七世やヴァルド殿下よりも歴史に名を残すことになるはずだ。

「しかし、楽しそうだな」

寒さを防ぐテントの中で、湖に張った氷に穴を開けて釣りをするなんて。

きっと、王国、帝国の貴族たちの中に、この趣味にハマる者たちが多く出るはずだ。

北の大陸まで魔導飛行船で移動し、そこの珍しい動物や氷で覆われた大地を見て、釣りをし、釣った魚をその場で調理して食べる。

金持ちなら、金貨を積んで参加しそうだな。


「フジコちゃん、どうかしたの？」

「あそこに、お館様が『ぺんぎん』と名付けた鳥がいるぞ」

「本当だ。どうして一人なのかな？　仲間はもっと北にいるのに……。フィリーネさん、どうして？」

「前に、ヴェンデリン様が仰っていました。人間でも、動物でも、時に一人になりたい時があると」

「ふ――――ん、大人のぺんぎんさんなのかな？」

「俺も少しだけ大人だった時があるが、大人は結構大変だったぞ」

「……」

「どうしたんだ？　ルル」

「昨日見たぺんぎんさんに比べると、かなり大きいような気が……」

「大きいということは、あのぺんぎんは強者なのだ。強い者とは、時に孤独だからな」

「よくわかったような、わからないような……。ペーター陛下とヴァルド殿下もいらっしゃいますから、夕方までに沢山ワカサギを釣りましょう」

「それがいいな。ワカサギのかれー天ぷらは至高の一品だからな」

「フリッターにケチャップも美味しいよ」

「沢山釣りましょうね」


ふう……。

昨日のうちに、二足歩行の鳥を一頭仕留めて変装用の着ぐるみを作っておいて正解だった。

この遮蔽物がなにもない湖でバウマイスター辺境伯たちを監視するには、このような小道具は必須だからな。

そういえば、帝国のミズホ公爵家に仕えるシノビたちも、同じような方法で見つからないように対象を監視すると聞いたことがあるが、なるべくならばそういう面倒な連中とは鉢合わせになりたくないものだ。

＊　＊　＊

「みんな、全然俺たちのテントに姿を見せないから釣れていないのかと心配したけど、これだけ沢山あればワカサギ料理を楽しめるな」

「人数が多いからね。ワカサギがいっぱい釣れてよかったよ」

「これを揚げてアツアツを食べるわけか。さすがにこの極寒の地で、あのうるさいお目付け役はいないからな。私もワカサギ料理を楽しもう」

「(ヴェル、みんなあのテントに顔を出す勇気がなかっただけだと思うな)」

「(やっぱり?)」

その日の夜。

ワカサギ釣りを終えて俺たちの宿営地に戻ると、なぜかペーターとヴァルド殿下もついてきてしまった。

ワカサギ釣りだけでなく、ワカサギの天ぷらも食べたいようだ。

昼も食べていたんだけど、量は少なかったからな。

他のテントのみんなはワカサギ釣りに集中できたようで、沢山のワカサギをバケツに入れて持ち帰ってきた。

同じテントでも、ヴィルマはワカサギ釣りに集中していたけど、昼間のうちに全部揚げて食べてしまったため、今は目を輝かせながら、エリーゼ、涼子、雪、カタリーナが揚げるワカサギの天ぷらを待ち続けている。

今日は人数が多いから鍋を四つに増やしたので、一度に沢山揚げられるはずだ。

「いやあ、ワカサギを揚げる音はいいねぇ」

「ヴェンデリン、せっかく君が命名したのだ。この魚は、これからはワカサギと呼ぶことにしよう。揚げたてを食べるのは実に贅沢だな。毒見役だの、調理人だの、この北の大陸ならば断ることもできるというもの」

「……」

こうして、この世界において北の大陸の湖で発見されたワカサギは、俺が命名者ということになった。

それにしても、俺たち家族用として設営した宿営地内の大テントの中に皇帝と王太子殿下がいるんだが、果たしてそれでいいのであろうか？

「安心して、ヴェンデリン」

「安心するがいい、ヴェンデリン」

「はあ……」

「で、そちらの探索隊の様子はどうなのかな？」

「同じだな。魔物の領域から大して北上できていない」

「同じだね。最初は少なかった魔物たちだけど、倒せば倒すほど密度と数が増していくようだ」

「侵入者に厳しいようだな。アームストロング導師などは、なまじ戦闘力があって多くの魔物を倒してしまうから、余計に魔物を呼び寄せてしまうのかもしれない」

「ねえ……ヴェル」

「はあ……」

この二人、俺とワカサギ釣りをしたり、ワカサギの天ぷらを食べて楽しんでいるように見せかけ——いや、実際に楽しんでいるのか——密かに会合を始めやがった。

イーナはそれに気がついたようだが、これを止める術は俺にはない。

「追加の探索隊と合計四隊にすれば、少しは魔物たちの抵抗も弱まるかな？　あっ、このかれーの天ぷらは美味しいな」

「単純に考えれば、魔物たちの抵抗が半分になる……そう都合よくいくかは不明だが、先に送り出した探索隊だけではどうにもならない……アオノリが衣に混ぜてあるのはいいな」

ペーターとヴァルド殿下が、ワカサギを食べながら秘密の話し合いを始めたようだ。

俺のところに遊びに行くという体で密談をしながら、でもちゃんとワカサギの天ぷらを楽しんでいるのは、さすがは一国の指導者というべきか……。

「ペーター陛下、我らは別に北の大陸に野心などないのだ。多少の資源が出たところで、欲しいのならそれは交渉して買えばいいのだから。それよりも……」

「ニュルンベルク公爵が内乱で用いたような、古代魔法文明時代の兵器が埋まっていないか。それのみが気になるというわけですね」

　あんなものを軍に配備されると面倒だからな。

「ヴェンデリンの言うとおりさ。帝国としても、下手に隠して王国との関係を悪化させたくない。帝国は、いまだ内乱の傷跡が癒えていないのだから」

「ならば、我らも援軍を率いて北上するしかないか」

「それが一番だろうね。待ち続けるのは性に合わない」

「アームストロング導師だけでは無理だったな。父上に頼んで優れた魔法使いたちを集めてもらい、援軍として呼び寄せた。私も前線で指揮を執るために北上しよう」

「えっ？　二人とも魔物の領域に入っていいんですか？　危ないんじゃぁ……」

　思わず声に出して聞いてしまった。

　皇帝と王太子殿下が、いわば戦場の前線に出るようなものなのだから。

「幸い私は王太子だし、弟もいる。私の場合、父上に比べると弱い次期国王と見なされているのでね。危険な場所で指揮を執ったという実績が効果的なのは、ヴェンデリンにはわかってもらえると思うが」

　帝国内乱での戦功が、貴族としては大いに役に立っているのは事実だ。

　そしてそのせいで、俺に面倒な仕事が増え続けるのも事実であったが。

「僕も同じだね。皇帝ってのは、舐められたら終わりだから」

　国のトップともなると、色々と大変なんだな。

「それはいいとして、ヴェンデリン、それはなにかな？」

「これですか？　アヒージョです」

「アヒージョ？」

「初めて聞く料理の名前だね」

しまった！

つい、ヴァルド殿下に対し地球の料理名を口にしてしまった。

この世界にはオイルフォンデュがあるが、使う油は獲物の脂肪分から作るラードであった。

ちょっとクドイので、俺はオリーブオイルのような植物性の油を探していたのだ。

ゴマ油や菜種油、米油はミズホにあって、これは次第にリンガイア大陸中に広がりつつある。

だが、オリーブの木は探してもなかなか見つからなかった。

この世界にはオリーブの木はないのか？

諦めかけていたその時、西部の海岸沿いの土地でついにアルテリオがオリーブの木を見つけてくれた。

リンガイア大陸は広いので、まだまだ俺が知らない食材があるのだ。

オリーブの実は、そのまま食べると渋い。

その渋みはポリフェノールの一種なので体にはいいし、害虫や害獣の被害は少ない。

ただ美味しくはないので、現地では塩漬けにしたり、ワインに漬けて渋みを抜いて食べているそうだ。

オリーブの苗を手に入れて領内で栽培可能かどうか試験させているけど、これは結果が出るのに時間がかかる。

そこで俺はアルテリオに命じてオリーブの実を仕入れさせ、これでオリーブオイルを絞ってみることにした。

原始的な方法で絞ったので、最高級のエクストラ・ヴァージン・オリーブ・オイルを手に入れることに成功した。

これをアヒージョに用いるわけだ。

「まずは、刻んだニンニクとトウガラシとオリーブオイルを底の浅い鍋に投入します。グツグツと煮えたオリーブオイルにニンニクとトウガラシの風味が移ったら、今日釣ったワカサギとワカサギ釣りの餌にしたオキアミを殻ごと入れます。このオキアミは、小さなエビなので美味しいですよ」

海岸沿いで掬（すく）ってきたオキアミは、この北の大陸および周辺海域に住まう生物たちの栄養源となっており、海に網を入れると簡単に採取できた。

「ヴェル様、揚がった」

天ぷら鍋の管理をしていたヴィルマが、オキアミ、タマネギ、ニンジンを使ったかき揚げを試作し、持ってきてくれた。

「これもいいなぁ」

揚がったばかりのオキアミのかき揚げを試食するが、サクサクで美味しい。

「オキアミの香ばしさと、天ぷらのサクサクさ。タマネギとニンジンの甘味もいい仕事をしている。おおっ！　ワカサギとオキアミのアヒージョも火が通って完成したようだ」

やはり、獲物の脂肪分を用いたラードよりも、オリーブオイルを使った方が、ほくほくのワカサギと、香ばしい殻と甘い身のオキアミがさっぱりと食べられるな。

ミズホの菜種油もいいけど。

「これは美味しそうだね。今度エメラに作ってもらおうかな」

「うるさい毒見役もなく、今日は素晴らしい夕食だ」

ペーターもヴァルド殿下も、お忍びでここに来ていることをいいことに、思う存分料理を楽しんでからそれぞれのベースキャンプに戻っていった。

「なあ、ヴェル」

「なんだ？　エル」

「あの二人、料理を食べながらかなり物騒なことを話していたが、俺たちも巻き込まれるんじゃあ……」

「まさかな」

俺たちは、両国の都合によってここで待機しているんだ。

多少探索の進捗（しんちょく）が遅れているからといって……大丈夫だよね？

などと思っていたら……。


翌朝。

「お館様、随分と両国のベースキャンプが騒がしいですね」

「ああ、援軍が来たのかな？」

両国のベースキャンプ上空に魔導飛行船の姿があり、それを雪と見上げていた。

最初に送り出した探索隊が苦戦しているので援軍を呼び寄せたと、ペーターもヴァルド殿下も言っていたからそれなのであろう。

空中停止した魔導飛行船から、次々と荷物と人が降ろされていく。

補給も兼ねているようだが、魔法使いたちも多くて、彼らは自分で『飛翔（ひしょう）』を用いて基地へと降りていく。

「随分と魔法使いが集まっているようだな」

「どちらも、国家としての威信があるのでしょう」

北の大陸の全容を知り、相手に対し外交交渉において優位に立つ。

最初、帝国が送り出した探索隊が一時後退し、続けてペーターとヴァルド殿下が自ら連れてきた援軍を加えて再度送り出したにもかかわらず、結果は最初と同じだった。

さらなる大々的な援軍と合わせ、今度こそはこの大陸の北の果てに辿り着こうと思っているのであろう。

今度は、二人が自ら探索隊を率いて北上を開始すると言っていた。

こうなると、もう両国とも意地でも先に北の大陸の詳細を知りたいのだと思う。

意地の張り合い……とはいえ、これで多くの貴族や国民の支持も集まるので、双方共に今さら退けないというのもあるのか。

皇帝として自分で判断できるペーターはともかく、ヴァルド殿下はよく陛下が許可したなと思う。

でもちゃんと援軍と補給が来ているということは、陛下から許可が出た証拠なのであろう。

「そこまで、北の大陸にあるかもしれないという、未知の発掘品に興味があるのか」

「なければそれでいいのでしょうが、あった場合の危険性について考えているのでしょう」

「どちらの国が独占しても、いい話にはならないか……」

この北の大陸はほぼすべてが氷に覆われており、そのような地下遺跡があるとは思えないが、もしあったら今の平和な環境が崩れてしまうかもしれない。

慎重になって当然なのかもしれないな。

「古代魔法文明時代の為政者たちも、重要な機密を取り扱うのであれば、このような人気のない場所は最善と考えたのかもしれません。それに、古代魔法文明は今よりも技術が発展していたと聞きます。このような氷の大陸にも地下遺跡を設置できたのでは？」

「ペーターとヴァルド殿下も、そういう風に考えたのかな？」

「そこのお嬢さんの予想はほぼ当たっている」

「「うわっ！」」

突然後ろから声をかけられたので振り向くと、そこにはヴァルド殿下が立っており、俺と雪は驚くばかりであった。

「作戦を説明する！」

有無を言わさず、ヴァルド殿下は俺と雪の前に地図を広げた。

「西から順に、先発した第一帝国探索隊、ペーター陛下が率いる第二探索隊。東からは、アームストロング導師が率いる第一王国探索隊、そしてこの私が、魔導師および在野の魔法使いたちを率いる第二王国探索隊が、魔物たちを突破して北上を試みる」

「魔物の圧力を分散するのですね」

「そうだ」

侵入者が四隊になれば、魔物たちの圧力は半減するはず。

そうなれば、どの隊もさらなる北上が可能になるという作戦か。

「いいアイデアですね」

「だろう？　それでだ」

「それで？」

なんか、嫌な予感がしてきたぞ。

「ヴェンデリン、どうして君たちがここで氷の大陸観光を楽しんでいたのか？　それはこういう状況になった時、君にも一隊を率いてもらい遊撃任務を任せるためである」

「遊撃任務ですか？」

やっぱり、仕事きたぁ！

「お館様および、エリーゼ様たち魔法が使える奥様たちで少数精鋭の遊撃部隊を作り、魔物の領域付近で魔物たちを挑発、おびき寄せて、他四隊に向かう魔物の数を減らす、ですか？」

「今、彼女が言ったとおりだ」

「あのぅ……移動手段がありませんけど」

分厚い氷に覆われた大陸なので、歩いていくわけにはいかない。

『飛翔』で飛んでいけば魔力を消耗してしまうし、毎日発生する吹雪で墜落してしまうだろう。

そもそも、魔導飛行船ですら飛ばせないのだから。

「それなら安心するがいい。あの人物を呼び寄せた」

「あの人物？」

「魔道具ギルドに対抗して、新型の魔導ソリを試作したそうだ。彼がその研究品ごと試験のためにここに来ているから、彼とそれに乗って北上すればいい。では、私も援軍を率いることになったので色々と準備が必要でね。これで失礼するよ」

「あの……」

俺の疑問にすべて答えることなく、ヴァルド王太子は急ぎその場から立ち去ってしまった。

そして……。

「バウマイスター辺境伯殿、ヴァルド殿下から聞いたぞ。ワシの新型魔導ソリの性能試験をしてくれるそうではないか」

「ベッケンバウアーさん？」

「この新型魔導ソリならば、魔道具ギルドのクソみたいな魔導ソリにも、ましてや帝国の犬ゾリにも負けはせぬ。早速、性能試験に入ろうではないか」

「はあ……（あんたは、ただ新型魔導ソリを試験したいだけだろうが！）」

こうして俺たちは、またもお偉いさんの命令に逆らえず、北の大陸探索に参加することになったのであった。

そして、俺たちがろくな目に遭わない時に必ず関わってくるベッケンバウアー氏。

これで役者は揃ったといった感じかな。

今回こそ、大変な目に遭わなければいいけど……。

第五話　新型魔導ソリ

「バウマイスター辺境伯殿よ。よくぞこのワシを呼んでくれた！　魔道具ギルドの連中が、玩具（おもちゃ）のような魔導ソリを王国軍に試験導入していい気になっておるが、このワシが試作した新型魔導ソリに比べれば……」

「（いや、そもそも呼んでねえし！）」

「（ヴェル、このおっさんに頼るのは危険じゃないか？）」

「（ヴァルド殿下が命じたんだから無視するわけにもいかないし、長距離の氷原を徒歩で行くわけにもいくまい。魔導飛行船は使えないんだから。リスクはあるが、これまで成果がなかったわけでもないから、もしかしたら新型魔導ソリも成功品かもしれない。とにかく、先に出発したペーターとヴァルド殿下が率いる探索隊に追いつかなきゃいけないのだから、魔導ソリは必須だな）」

「（それはわかるが、本当に大丈夫かなぁ？）」

先に出発した、両国の精鋭を集めた探索隊。

続けて争うように出発した、ペーターとヴァルド殿下が自ら率いる探索隊。

これら四つの集団が魔物の領域に侵入し、北の果てにあるという壁――やっぱり俺は、そんなものないと思うんだけどなぁ――を目指したのだが、寝た子を起こしてしまったようだ。

さらに魔物たちの活動が活発になり、なかなか北上できずに苦戦しているという報告が魔導携帯通信機経由で入った。

前世でもそうだったが、こういう便利アイテムがあるとかえって仕事が増えるんだよなぁ……。

かと言って、持たないという選択肢も取れないという辛さ。

北の大陸の所有権を主張したい帝国と、この大陸に野心はないが、古代魔法文明時代の兵器がないかを確認したい王国。

双方の思惑が一致し、毎日ワカサギ釣りを堪能していた俺たちもこの探索に参加させられることになってしまった。

さらに、俺たち少数精鋭の探索隊がすぐに動けるよう、ヴァルド殿下がとある助っ人を呼んでおり――まあ、ベッケンバウアー氏なんだけど――俺たちの宿営地に姿を現した。

彼は、マストと帆がない平底船のよう新型魔導ソリを持ち込んだ。

なんでも、先に王国の探索隊に提供された魔道具ギルドの魔導ソリよりも、圧倒的に性能がいいのだそう。

助っ人――ベッケンバウアー氏のことだが――である彼は魔道具ギルドをライバル視しており、話半分に……いや、ベッケンバウアー氏の性分から考えると、魔道具ギルドの足を引っ張ることよりも、圧倒的に勝利して『ざまあ！』と言いたいタイプなので、本当に高性能な魔導ソリである可能性が高いかも。

とにかく、まずは新型魔導ソリの性能試験をしないと。

ぶっつけ本番で使いたい人間なんていないので、確実に試さないと。

というわけで、まずは俺、エル、ベッケンバウアー氏が試験することになった。

「完全に北の大陸仕様かな」

「一面氷の大陸と聞いたので、底を平らにして強化。氷上を滑って疾走する仕組みだ。新型の魔導機関は出力が大幅に上がっておるぞ」

「それはいいんですけど、燃費は大丈夫なのですか？」

魔導機関は、魔力で動くエンジンみたいなものだ。

魔導飛行船にも使われているが、古代魔法文明時代の発掘品か、今は魔族が作ったものも出回っていた。

ライラさんたちが、魔族の国の粗大ゴミからリサイクルしたものだ。

いまだ魔族の国とは貿易協定が結ばれていないけど、需要があればこういうものは必ず入ってくる。

それが世の中ってものさ。

ただ、この新型魔導ソリの魔導機関は、ベッケンバウアー氏自らが試作したものだと聞いている。

「多少燃費は悪いが、気にするほどのことではない。バウマイスター辺境伯とその奥方たちの魔力量ならば魔力の補充も容易だ。なによりスピードが出る」

ベッケンバウアー氏の言は正しく、今求められているものはスピードだ。

だから、この新型魔導ソリのチョイスは間違っていない。

そう判断したヴァルド殿下も間違っていないのだけど……。

「先に試乗して、どんなものか様子を見てみないと」

「まあ、ぶっつけ本番は危険だよな」

「大丈夫だとは思うが、万が一のことがあるからな」

というわけで、俺、エル、ベッケンバウアー氏の三人で、この新型魔導ソリに乗り込んだ。

「なんか、楽しそうな乗り物だな」

「楽しみ」

「どのくらい速いのでしょうか？」

いつの間にか、藤子(フジコ)、ルル、フィリーネも新型魔導ソリに乗り込んでいた。

「危険だから降りなさい」

普通のソリなら止めはしないのだけど、なにしろこれはベッケンバウアー氏が試作したものなのだ。

ちょっと危険なことがあっても洒落(しゃれ)程度で済ます傾向にあるし、反省なんてしない人だ。

そういう人物だからこそ優れた研究者なんだが、子供は極力関わらない方がいい。

俺は責任ある大人として、子供組に新型魔導ソリから降りるように命じた。

危険だし、これは遊びではないのだと。

「お館(やかた)様、ある程度人数が乗っていないと試験にならないと思うぞ」

「私もお留守番だから……」

「私たちは留守番になるから、少しでもヴェンデリン様のお役に立ちたいんです」

「うっ……」

幼女たちと、可憐(かれん)な少女にそう言われてしまうと弱い。

「しかしなぁ……もし新型魔導ソリが高速で走っている時に壊れでもしたら……」

とても危険なので、特にこの三人は乗らない方がいいような……。

「本人たちが希望しているんだからよくないか？　それに、高速移動中にバラバラになるような不良品はさすがに……」

「むむっ、失礼な！　これはすでに水上で何度も実験しているが、事故など一回もないぞ！」

俺とエルから疑いの目で見られたベッケンバウアー氏は、かなり怒っていた。

どうやら相当自信があるようだ。

「ワシも乗るのだ。子供たちよ、安心して乗るがいい」

「もしもの時は、ヴェンデリン様の『飛翔』で脱出できますから」

「だから安心よな」

「ヴェンデリン様が一緒に乗っていれば安心です」

「あがっ！」

ところが三人が信用しているのは俺で、ベッケンバウアー氏ではないことが判明。

その事実を知った彼は、かなりショックを受けていた。

というか、これまでのベッケンバウアー氏の実績と言動を思い出すと、彼がそこまで信用される理由があまりないというか……。

本人は、自分がもの凄く信用があるとでも思っていたのであろうか？

「とにかく、一刻も早く出発したいんだ。早く試験してしまおうぜ」

「そうであったな。出発するぞ、子供たちよ」

「「は――――い！」」

エルとベッケンバウアー氏からも許可が出て、すでに新型魔導ソリに乗り込んでいた藤子たちは、出発を心待ちにしていた。

船に近い新型魔導ソリは意外と広く、軽く十人は乗れる大きさであった。

後部に新型魔導機関が見えるが、思っていた以上に小型だな。

技術が進んで、サイズダウンに成功したのであろうか？

「直接触れて魔力を送り込めばいい。満タンになれば、魔力を送り込めなくなる」

「便利ですね」

ベッケンバウアー氏の発明品って、魔道具ギルドが研究、試作した品よりも優秀かもしれないな。

それなら魔道具ギルドに所属すればいいような気もするが、過去に魔道具ギルドとなにかあったのかな？

とにかく魔道具ギルドを嫌い、異常なまでにライバル視しているので、それは口しない方がいいような気がしてきた。

「で、操縦は……君がやりたまえ」

「俺？」

ベッケンバウアー氏は、エルを操縦者に指名した。

新型魔導ソリには操縦席があり、船と同じような舵輪(だりん)と、上下に動くスロットルのみで構成されている。

意外と単純な造りなんだな。

「どうして俺なんです？」

「高速で氷原を疾走するのだ。剣術をやっていて、動体視力がいい者が最適に決まっておる」

「なるほど、それもそうか」

魔導飛行船もそうだが、魔力がないと操縦できないなんてことはないからなぁ。

高速で動く乗り物の操縦に、運動神経と動体視力がいい者が適しているのは事実であった。

「バウマイスター辺境伯殿は、魔導機関の近くにいてくれ」

「魔力を補充しやすいようにですね、

「そういうことだ」

「で、これってどうやって動かすんです？」

「ソリが動く方向は舵輪で、スピードはそのスロットルを一番上まで上げれば全出力。一番下に下がっていればオフだ。簡単だろう？」

エルの隣の席に座ったベッケンバウアー氏が、新型魔導ソリの操縦方法を指導する。

「確かに簡単だな。準備はいいか？」

「大丈夫だ」

「大丈夫です」

「準備できました」

「所定の位置についたぞ」

「オーケー。じゃあ、スロットルを上に上げるんだな」

新型魔導ソリの操縦者になったエルがスロットルを上げたのだろう。ソリはゆっくりと動き始めた。

「意外と揺れないんだ」

「地面が比較的平らで凍っているからであろう。北の大陸以外だと使用用途が限定されるな。この新型魔導機関は、むしろ水上船のために開発したという経緯もある」

「なるほど」

確かに、この新型魔導ソリは船に似ているからな。

走り出した新型魔導ソリは、特に異常もなく氷原を走り続けていた。

ただそのスピードは……。

「そんなに速くないな」

「そうだね」

「この前、乗せてもらった犬ゾリとそんなに変わらないです」

勇んで新型魔導ソリに乗り込んだ藤子たちであったが、思ったよりも速く走らないので不満なようだ。

「これでは、王国のベースキャンプで魔道具ギルドの魔導ソリを借りても、そんなに変わらないよなぁ」

「バウマイスター辺境伯殿までもがなにを言うか！　まだ慣らし操縦であり、スロットルの出力もほとんど上げておらぬというのに！　早く速度試験に入るのだ！」

「えっ？　いきなり全力!?」

子供っぽい部分があるベッケンバウアー氏は、新型魔導ソリが遅いと批評されたら怒ってしまった。

隣の席から身を乗り出し、新型魔導ソリのスロットルを一気に最大にまで上げてしまい、次の瞬間、新型魔導ソリは恐ろしい勢いで走り出し始める。

「ぬぅおぉ――――！」

これまでとは比べ物にならない速度であり、もしかすると新幹線よりも速いかもしれない。

一面氷の世界であるためあまり景色は変わらないが、体にかかるGの大きさに俺は恐怖を感じた。

だが後部の魔導機関横の席から動けなくなってしまい、前部にある操縦席のスロットルに手が出せなかった。

「いきなり出力最大にするな！」

「バウマイスター辺境伯殿が遅いと言ったのだ。だから速くしたまでだ」

「子供か！」

こんなことでムキになるなんて……うちの子供組でもこんなことは……。

「はっ！　藤子、ルル、フィリーネ！　大丈夫か？」

ベッケンバウアー氏と不毛な口喧嘩（くちげんか）をしている場合ではない！

子供組の無事を確認しなければ！

と思ったら……。

「フジコちゃん、楽しいね」

「そうだな、風を切るように走って最高だ」

「ヴェンデリン様、楽しいですよ」

現代社会の乗り物に比べたら安全性の欠片（かけら）もない新型魔導ソリの疾走を、三人は心から楽しんでいた。

元気な子供たちが、ジェットコースターに乗った時と同じような感じだ。

「(はっ！　そういえば俺は！)」

忘れていたが、俺はこういう絶叫マシーンみたいな乗り物は駄目だったんだ！

だが小さな子たちの手前、まさかいい年をした大人が悲鳴をあげたり、ましてや『降ろしてくれ！』などとみっともなく叫ぶわけにもいかず……。

「おや？　随分と大人しいのだな。バウマイスター辺境伯殿」

「(それどころじゃないんだよ！)もう……試験はよくないかな？」

かろうじて、この一言だけを絞り出した俺であったが……。

「新型魔導ソリが十分な性能を発揮できることは証明されたようだな。エルヴィン殿、宿営地に戻るぞ」

「了解です。あの……Uターンするのにスピードを落とすにはどうすれば？」

「スロットルを下げてパワーを落とし、速度が落ちてからUターンするしかないな。焦る必要もあるまい」

「それもそうですね」

魔導機関が停止した新型魔導ソリは徐々にスピードを落とし、もうしばらくすれば簡単にUターンできるはず……だったんだが……。

「ベッケンバウアーさん、このくらいのスピードならUターンしても大丈夫じゃないですか？」

「そうだな。アクセルターンからの！　帰りも全速力だぁ――――！」

「やめろぉ――――！」

行きはなんとか我慢できたものの、この鋭いアクセルターンと帰りの猛スピードで、俺の精神はあの世に逝きかけた。

どうやら、俺の絶叫マシーン嫌いは一向に治っていなかったようだ。

治る理由が存在しないので、当たり前なのだけど。

＊　＊　＊

「ううっ……」

「大丈夫ですか？　お館様」

「これは意外だったな」

新型魔導ソリの走行試験は無事に終わり、いよいよ明日には出発だというのに、俺は具合が悪くて寝込んでいた。

『飛翔』や魔導飛行船は大丈夫なのに、絶叫マシーンのような魔導ソリは駄目という不条理のせいだ。

俺は涼子に濡れた布巾を額に載せてもらい、乗り物酔いを醒ますために治癒魔法をかけてもらっていた。

なおエリーゼは、俺の代わりに出発の準備を整えてくれていた。

さすがというか、俺は別にいらないんじゃないかって気がしてきた。

「そんなわけないだろうが……新型魔導ソリは一台しかないから、探索隊の人選が難しいな。俺が操縦して、ベッケンバウアーさんは魔導ソリが壊れた場合に対応。ヴェルとブランタークさんはいないと話にならない。あと六名か……」

「まさに少数精鋭だな」

「ワシも含めて、ほぼ全員が魔法使いなのだから問題あるまい」

戦力的にはそう悪くないのか？

どうせ両国の探索隊も立ち往生しているみたいだから、俺たちも無理そうなら引き上げてしまえばいいのだ。

「ああ、やっぱり俺もか」

「ブランタークよ。アームストロング導師は、今頃北方で魔物と戦い続けておるぞ」

「あのな、ベッケンバウアー。俺と導師はペアじゃないっての。それに導師は、そういうのが好きだからよ」

導師と同類扱いされたブランタークさんが、ベッケンバウアー氏に反論した。

自分は、好き好んで最前線に立ち魔物の群れと戦うような性格はしていないと。

「導師は魔物の群れに足を止められているが、そういうのが逆に嬉しかったりするからなぁ」

「ヴァルド殿下の命令で探索隊に参加しているのにですか？」

任務達成ができないと困ると思うのだけど……。

「陛下の命令だからだろう。大体あの導師が、チマチマと測量して地図を作るような性格をしていると思うか？」

「思いません」

地図の作成って軍人の仕事でもあるのだが、導師がアームストロング伯爵家の出身でも、その手のスキルを有しているとは思えないからだ。

「導師の最大の仕事は、探索隊に立ち塞(ふさ)がる障害を排除することだ」

「ブランタークさんにも、その仕事が回ってきましたよ」

「うむむ……観光だけして家に帰りたかったぜ」

ブランタークさんは、渋々ながら探索隊への参加を承諾した。

断れないから仕方がないとも言えるけど。

「あとの人選だけど……。まずはエリーゼかな？」

治癒魔法を使える人がいないと困るからな。

「あとは……」

続けてリサが視線に入ったが、彼女は静かに首を横に振った。

「旦那様、私は『ブリザードのリサ』ですから」

「そうだった」

ここは極寒で氷に覆われ、毎日吹雪(ふぶ)く場所だった。

同じ魔法使いでも、火系統の魔法が得意な人でないと。

残念ながら、リサは今回戦力に加えられない。

「つまり、妾(わらわ)の出番というわけじゃ」

「いいのかなぁ？」

「いいではないか。極秘裏にではあるが、妾はヴェンデリンと結婚式を挙げて妻となったのだから。内助の功に期待せい」

「ということは、私も駄目ですか……」

「カタリーナは中途半端」

「酷(ひど)い言われようですが、それは事実ですわ。かなりの戦力を整えたはずの両国の探索隊が北上できずにいるということは、この北の大陸の魔物たちは相当手強(てごわ)いです。領域のボスは属性竜かもしれません」

さらに、寒い場所に生息する属性竜となれば寒さに強い属性（水、風）を持つ可能性が高い。

そうなると、『暴風』であるカタリーナも少し厳しいかも。

「魔法使いでも、物理的な攻撃手段を使える人も交ぜた方がいいと思いますわ」

「となると、イーナかな？」

『身体能力強化』と、『火炎槍(そう)』という火属性の槍術を使えるから、今回の探索メンバーにはうってつけだろう。

「ボクも物理攻撃力があるから、加わった方がいいね」

ルイーゼは魔法の属性は関係なく、魔闘流が使えるからメンバー入りは確実であった。

「あとは……」

「「「はいっ！　はいっ！　はいっ！」」」

アグネスたちは平均的にどの系統の魔法も使いこなせるので、探索隊の人選はこれでいいかな？

「戦力的にバランスが取れているのではないかな？」

「最悪、ベッケンバウアーさんも魔法使いだから、魔法を派手にぶちかませるからね」

「いや、ワシは攻撃魔法がほとんど使えないから、新型魔導ソリのメンテナンスにすべての責任を負おうではないか」

「ヴェル、大丈夫かな？」

「大丈夫でしょう」

ルイーゼも、意外と心配性だな。

俺たちの目的は、魔物の領域の境界線付近でなるべく多くの魔物を引き寄せて、他の探索隊の活動を支援することにある
「俺たちに、正確な地図を作れなんて言われても困るからなぁ」

子供の頃に未開地の地図を作った話とはまったく違うのだから、そういうのは専門家に任せるのが筋ってものだ。

「俺たちはあくまでも陽動役。特に、ペーターとヴァルド殿下が自ら率いている第二次探索隊の功績を奪ってはいけないんだから」

それだけ、両国のトップはこの北の大陸に対し執着しているともいえ、ここで自己保身の権化である元社畜な俺としては、無事に北の大陸の探索が終わり、帝国も王国も納得する成果を得られるように協力するのが一番いいと考えたわけだ。

「（これも、フリードリヒたちの将来のため！　そもそも俺は王国の貴族なのに、どうして両国のバランサーのような役割をしているのだ？）」

誰か、俺に教えてくれないかな？

「というわけで、この十一名で新型魔導ソリに乗って、大陸の未知なる魔物を見物してみようじゃないか」

そのぐらいの気持ちで出発した方が、気分も楽だよな。

以上のようにみんなに発表したんだが、概ね賛成の意見を得た。

「あたいのような軽装備の冒険者だと、こういう環境では活躍しにくいんだよなぁ……はっくしょん！」

極寒の地なので分厚い防寒着に身を包んでいるカチヤは、確かに着ぐるみのように動きにくいようだ。

本人もあまり寒いのは得意ではないようだしな。

ただその中で、二人だけが珍しく反論した。

「お館様、こういう環境なればこそ、俺の『暗黒紅蓮竜』の出番ではないか！」

探索隊のメンバーから外れた藤子が、自分を加えないのはおかしいと言い始めた。

確かに彼女は、将来優秀な魔法使いになる才能を秘めており、得意な系統も火魔法であった。

暗黒紅蓮竜……竜の形をした黒い炎を自在に操るのが得意で、まだ幼少のせいもあってほぼそれしか使えないのだが……。

「炎の暗黒竜を操る俺こそ、探索隊にピッタリではないか」

「いや、まだ未成年だから駄目」

他に戦力がいなければ、当主権限として仕方なく未成年を動員するという選択肢もあるかもしれない。

だがこれだけの戦力がいて、藤子を探索隊のメンバーに選ぶわけがなかった。

「ヴェンデリン様、私も駄目ですか？」

さらに、ここで珍しくルルまでもが探索隊のメンバーに立候補してきたのは意外だった。

彼女の性格から考えて……でも責任感はあるんだよなぁ、ルルは。

「ヴェンデリン様のところでお世話になっている間に、魔法の実力も上がりましたから。私も白炎竜で魔物を倒します！」

「ルルも未成年だから駄目だよ」

五歳児を未知の大陸の探索や魔物狩りに駆り出すほど、バウマイスター辺境伯家に余裕がないわけではない。

今の二人なら、その辺の成人した中級魔法使いよりも高威力の火魔法を放てるけど、だからといって探索に連れていくわけにはいかないのだ。

「エリーゼ……」

「お二人とも、お気持ちは嬉しいですが、そういうことはちゃんと大人になってからですよ」

母性の塊であるエリーゼは、優しく幼女二人を諭し始めた。

「アマーリエ義姉(ねえ)さん……」

「今のあなたたちがやらなければいけないことは、ここでしっかりとお留守番をすることよ」

二人のお母さん役でもあるアマーリエ義姉さんも、お子様な二人を諭してくれた。

「むう……」

「残念です……」

「さあ、あなたたちはお勉強の時間ですよ」

まだ子供である二人には教育も必要だ。

それも考えると余計に、探索に連れていくわけにはいかなかった。

アマーリエ義姉さんが、宿営地内にある子供用の大型テントへと二人を移動させる。

夜のお勉強の時間だからだ。

「あの子たち、のけ者にされて怒ったのかもしれないな」

「怒ったからと言って、連れていくわけにいかないだろう」

「それもそうだ。明日に備えて準備を進めるかな。ヴェルは、まだ動けないようだし」

「むむむ……」

新型魔導ソリだが、明日は全速力はやめてほしい……無理なので。

今日は早く寝て明日に備えるしかないか。

「いざ戦闘になれば、ヴェルも寝ているわけにはいかないし、エリーゼの治癒魔法でどうにかするしかないか」

「ワシが自ら調合した『酔い止め』もあるぞ」

「(それは、飲んで大丈夫なのか?)」

俺たちは素直に自室で勉強を始めた二人に安堵しつつ、俺以外の探索隊のメンバーは、明日の出発の準備を始めるのであった。

「これで準備万端かな？」

「バウマイスター辺境伯殿、新型魔導ソリの整備は完璧であるぞ」

「本当に？」

「いきなり全速力を出しても問題ないぞ」

「俺には問題あるんだ！」

＊　＊　＊

翌朝、ついに探索隊が出発する時間となった。

ベッケンバウアー氏が念入りに整備をした新型魔導ソリに合計十一名の探索隊が乗り込み、留守番役を束ねるカタリーナ他、みんなが見送りに……。

「あれ？　藤子とルルは？」

「ヴェル君、やっぱりあの子たち怒っているみたいで、ベッドから出てこないのよ」

「そういうところは、年相応の子供なのかな？」

いくら才能ある魔法使いとはいえ、五歳児だからな。

事情を説明しても理解してくれないことはあるのだろう。

「アマーリエ義姉さん、あの子たちのことを頼みますね。カタリーナは、この宿営地の管理と維持を頼むよ」

「お任せください。こんな氷の大陸では、私の暴風も微妙な感じですからお役に立てず……」

「私のブリザードよりはマシでしょう。火魔法も使えないわけではありませんが……」

リサも留守番となった。

得意な魔法の系統の問題……もあるけど、実はカタリーナとリサは別の理由で探索隊への参加を断った。

その理由とは……。

「新型魔導ソリが速すぎて、私にはちょっと……」

「実は私もです……」

俺だって、もの凄く苦手なんだけど、参加しないわけにはいかないから我慢している。

探索隊への参加を断れるカタリーナとリサを見て、俺はもの凄く羨ましいと思ってしまった。

「意外なのはエリーゼ様ですね」

「そうですね」

涼子、雪。

実はエリーゼは、そういうのがもの凄く得意なんだ。

むしろ得意すぎて困ってしまうぐらい。

涼子は馬に乗っても酔ってしまう人なので、新型魔導ソリは難しいだろうと判断され、探索隊に選ばれていなかったけど。

「じゃあ出発するから。念のために点呼する、エル！」

「おう！」

エルは、新型魔導ソリの前部操縦席に座っていた。

「エリーゼ！」

「はい」

エルのすぐ後ろの席に座っており、あきらかに自分も操縦してみたいと思っているようだな。

だが、それは主に俺の危険度が格段に増してしまう。

他の、エリーゼの運転を知る者はみんな勘弁してほしいと思っているはず。

そこで俺はエルに対し、なにがなんでもエリーゼに新型魔導ソリを操縦させないようにと念を押していた。

「イーナ！　ルイーゼ！」

「「は――――い！」」

ルイーゼは近接戦闘における最大の戦力であり、イーナには火炎槍でこの極寒の大陸の魔物たち相手に奮闘してもらう予定だ。

「テレーゼ！」

「あれからリサに色々と魔法を教わったのでな。妾はどうも火魔法と相性がいいようだからの」

テレーゼも経験は浅いが火魔法を得意とする上級魔法使いなので、今回は戦力になるはずだ。

「先生、頑張ります！」

「先生との探索、楽しみです」

「私たち三人で『三重火炎』が使えるので、あてにしていてくださいね」

魔法使いとしての実力では、アグネスたちはいまだリサやカタリーナには及ばない。

だが、常に三人で行動していたせいか、コンビネーションで言えば一番だろう。

特に、三人で同じ魔法を重ねて放つ特技を習得したそうで、この魔法の威力はブランタークさんも絶賛していた。

さらに若いからか、新型魔導ソリに酔うことも、そのスピードを恐れることもなかった。

探索隊のメンバーに選ばれる資格はあると思う。

最近、周囲からアグネスたちに過保護すぎと言われるケースも多いので、今回は活躍してもらうことにしよう。

「で、あとは……」

「バウマイスター辺境伯殿、いつでも出発できるぞ」

ベッケンバウアー氏は、新型魔導ソリの整備士役としての参加だ。

本人が言うには攻撃魔法が苦手らしいが、本当かどうかは知らない。

「これで全員かな？」

「ほっ……」

「ブランタークさんが探索隊のメンバーに選ばれないわけがないじゃないですか。いい加減諦めたらどうです？」

「行くけどよ、この年になると、寒いのは辛いよなぁ」

と言いながら、朝からブランデーをチビチビと飲んでいるブランタークさん。

酒に酔うか、新型魔導ソリに酔うか。

……どっちにも酔いそうだな。

「合計十一名になったな」

「一人くらいどうってことはない。このように、臨時で椅子をつけた」

早朝から随分と熱心に作業していると思ったら、わざわざ友人であるブランタークさんのために席を取り付けていたのか。

「(ベッケンバウアーめ……余計なことを……)」

「未知の大陸の探索だ。冒険者としてベテランであるブランタークは必要だからな」

「正論すぎるくらい正論ですね」

ベッケンバウアー氏の考えを否定する者はいなかった。

ブランタークさん本人も。

「わかったが、ペーター陛下もヴァルド殿下も、ちゃんと引き際を心得ておいてくれることを祈るぜ」

「アームストロング導師がいる。彼は獣並みに生存本能が優れているから大丈夫だと思うぞ」

「導師はなぁ……ああ見えて死なないから」

無謀なことばかりしているような気がする……いや、実際に無謀なことばかりしている導師だけど、なぜか死ぬイメージはなかった。

それに、本当にヤバイと思ったらすぐに逃げてしまうタイプの人だからな。

引き際は弁えていると思う。

「結局、あの二人は姿を見せないな。そのうち機嫌を直してくれればいいけど」

「もう少し大きくなったら、お館様の判断を理解してくれますよ。ねえ、雪」

「あとで、それとなく様子を見ておきます」

もうすぐ出発だが、藤子とルルは顔を出さなかった。探索隊に選ばれなかったことで、拗ねてベッドに潜り込むところはやはり子供だな。

「お腹が空けば、姿を見せると思うのよ。あとのことは任せて」

「きっとそうですよね」

「あの子たちが喜びそうなおやつでも作ろうかしら」

あの二人のことは、アマーリエ義姉さんたちに任せれば大丈夫だろう。

「じゃあ、行ってきます」

いよいよ出発となり、エルが新型魔導ソリのスロットルを上にあげると、すぐに走り出した。

「エル、ゆっくりとな」

「……新型魔導ソリの意味ないだろうが！　スピード上げますぁ――――す！」

「のわ――――！」

瞬時に新型魔導ソリは高速で走り出し、俺はやはりこういう乗り物は苦手だと思いながら、極寒の大陸を北上し始めるのであった。

第六話　バウマイスター辺境伯家探索隊

「同志オットー！　倒しても倒しても魔物が湧いてきます！」

「同志カイツェル！　これは我々に課せられた試練なのだ！　この程度の魔物の群れを倒せずにして、どうやって人間たちを支配するというのだ！」

「なるほど、確かに同志オットーの言うとおりですね！　みんな、気合を入れていけ！」

「「「「「「おう！」」」」」」


古い地図に記載された、北の大陸の極点近くにあるという謎の古代魔法文明時代の遺産。

それを得るため、我々選ばれし精鋭十名は、氷で覆われた極寒の大陸を北上しながら魔法の訓練を続け、遭遇する魔物たちを倒しながら目的のものを探し続けていた。

これまで都会で暮らしてきた我らは、厳しい自然と、初めての魔物との戦いに大いに苦戦することとなるが、やはり我々は魔族なのだ。

徐々に魔法の腕を上げていき、最初は魔物とはいえ生き物に手をかけることに抵抗があったが、それにも慣れてきた。

所持している保存食料が少ないこともあり、この大陸に生息する生き物の肉を食べることにも慣れたと思う。

これはとてもいい傾向だ。

現代の魔族は、便利で文明的な生活に慣れて堕落してしまったからこそ、外敵すらいないのに衰退する羽目になってしまったのだ。

こうやって自然に身を置いて本能に身を任せれば、古に猛威を振るった古き良き魔族の力を取り戻すことができるはず。

実際、我ら十名はそれを実感しつつあった。

「しかし、今のペースでは時間がかかるのではないですか？」

「いや、そうとも言えない。カイツェルよ、気がつかないか？　徐々に我々に襲いかかる魔物の数が減っていることに」

「そう言われるとそうですね。魔物が我らに恐れをなしたのでしょうか？　かなりの数を倒しましたから」

「いや、それは少し考えにくい。もしかすると、別の場所で我々と同じようなことをしている連中がいる可能性が高い。そしてそれは、間違いなく人間だろう」

「ヘルムート王国とアーカート神聖帝国の連中も、この大陸の探索をしているのでしょうか？」

「その可能性が高い」

「しかし、こんな年中氷に覆われ、毎日ブリザートが吹き荒れる極寒の大陸に、ろくな技術力もない人間が、一体なんの用事があって？」

「我々と同じ目的で動いているのかもしれないな」

私が仕入れた情報によると、両国は、先年に発生したと聞くアーカート神聖帝国の内乱において反乱軍が発掘、使用した古代魔法文明時代の兵器に大いに興味を持っているらしい。

もし両国が戦争になった時、敵国にその兵器を一方的に使用されたら……。

兵器を持っていない国は、亡国の危機に陥るからであろう。

「人間も、我らが入手したような古い地図や資料を手に入れたのでしょうか？」

「それはわからぬが、先にこの未知なる氷の大陸を踏破し、そのようなものがあるのか確認したいというのは、為政者として間違っていない。カイツェルはそう思わないか？」

「確かに……。人間たちも、我々と同じ目的で動いているのですね……」

「となると、作戦を少し変更した方がいいかもしれないな」

「作戦を？」

「ああ、私にいい策がある」

それは一旦、魔物の領域から出てしまうのだ。

「しかしそれでは、人間に先を越されてしまいませんか？」

「いや、優れた魔法使いに成長した我々十名でもなかなか北上できないということは、人間たちも同じ状態になっているはずだ。そこで……」

両国の欲深い為政者たちは、国家の威信をかけてこの大陸の完全踏破を目指すだろう。

「だがそれは、魔物たちの活動をさらに活発化させるはずだ」

彼らが頑張れば頑張るほど、多くの魔物が侵入者たちに襲いかかるだろう。

「魔物たちが最大限、人間たちに南側におびき寄せられた瞬間、今度は我々が離れた位置から魔物の領域に侵入する。非文明人である人間は、北の果てに壁があるなんて言っているような連中だ。

一方我々はこの北の大陸の地図も、北極点に近い場所に古代魔法文明時代の遺産、いや兵器が埋められていることも知っている。出し抜くのは容易なことだ」

「そうか！　なにも我らがすべての魔物の相手をする必要はないんですね」

「そうだ。魔法の鍛錬はいつでもできるし、我らの目的は古い地図に記された古代魔法文明時代の兵器を手に入れ、これを我らの武器とすることなのだから」

「何事も効率よくですね」

「ああ、そうだ」

このまま魔物を倒しながら北上を続けていたら、いつ北極点に到達できるかわからない。

魔物の駆除は、血の気の多い野蛮な人間たちに任せてしまおうではないか。

他の同志たちとも相談した結果、我々は一旦魔物の領域の境目まで撤退し、人間たちに魔物の処理を押し付けることにした。

「どうせプライドばかりの無能な為政者どもだ。他国と張り合い、一日でも早くと北の果てを目指すだろうから正面突破を続けるはず。せいぜい我々が楽に北極点に到達できるよう、頑張ってくれたまえ」

我々は、魔物の領域から出てしばらく待機することにした。

なあに、これまで何年も待ってきたのだ。あと数年それが増えたところでどうということはない。

人間は寿命が短い分、気が短いからな。

きっと、どれだけの労力を払っても北上を続けようとするだろう。

我々はそれを高みの見物といこうではないか。

「ふんぬ！　今日はこれで、三百とんで七四目なのである！」

「導師様、このままではキリがありません」

「せっかくヴァルド殿下ご自身が援軍を率いてきてくれましたが、二チーム合同パーティでも一日に北上できる距離はあまり増えていません。間違いなく帝国の探索隊も同じような状況であり、なにかしらの抜本策を考えなければ……」

「それはヴァルド殿下に任せ、某たちは一メートルでも北上することが必要なのである！　無駄口を叩いている時間があったら、一匹でも多くの魔物を殺すのである！」

「「「「「「「「了解！」」」」」」」」

＊　＊　＊

ふん！

バウマイスター辺境伯やブランタークと比べ、王宮の魔導師たちの不甲斐ないことよ。

確かに我ら北の大陸探索隊は、魔物の領域と思われるエリアまで北上した途端、多くの魔物たちに襲われ、その足を止められてしまった。

なにか他の策を練る必要があるのは確かであるが、その間、足を止めてどうするのである！

だから近年、王宮の魔導師たちは不甲斐ない、王城のお飾りだと、在野の魔法使いたちからバカにされるのである！

ヴァルド殿下が次の策を提案するまで、のんびり休めると思っていたのであろうか？

やはり、こいつらでは次の王宮筆頭魔導師は務まらないのである！

陛下には、某の次の王宮筆頭魔導師はバウマイスター辺境伯一択であると報告しておこう。

ちょうど運よく、ヴァルド殿下は彼のことを気に入っているので、この人事は上手くいくはず。

運が良ければ某の引退も早まり、残りの人生遊んで暮らせるのである！

「導師様！」

「泣き言を言うな、なのである！　とはいえ、気持ちはわからんでもないか……」

若い魔導師が泣きながらこちらに逃げてきた。

魔物の領域でない場所で見かけた白い巨熊がさらに巨大化、魔物化したものであろう。

なかなかの威圧感であるか、この程度の魔物でビビるとは、王宮魔導師のくせに実に嘆かわしいのである！

「時間が惜しいのである！　見ているのである！」

この程度の魔物で魔導師が怯える。

やはりこいつらは、一度実戦で鍛えた方がいいようである！

これなら、内乱で人材が払底してピンチに陥ったはずの帝国の魔法使いたちの方が、まだ肝が据わっておろう。

そんなことを考えながら、某は巨大な白い熊の胴体を魔力を込めたパンチでぶち抜いたのである。

「ギュワ――――！」

「脆いのである！」

最後に断末魔の悲鳴をあげてから、巨大な白い熊はそのまま動かなくなったのである！

「それを回収しておくのである！」

「ええっ！　僕は、魔物の死体はちょっと……」

「魔法の袋に入れておけば腐らないから、言われたとおりにするのである！　この大陸では貴重な食料である！」

ヴァルド殿下のおかげで食料には余裕があるが、いつ不測の事態が起きるかもしれないので、魔物の死体はすべて回収しておくのである！

考えすぎという意見もあるのであるが、未来になにが起こるかなど誰にもわからない。

用心に越したことはないのである！

「導師様、伝令です！」

「何事か」

後方より、ヴァルド殿下からの伝令がやってきたのである！

自身が援軍を率いてきただけあって、随分と積極的に動くではないか。

陛下が後継者として認めているだけのことはあるのである！

「援軍として、バウマイスター辺境伯たちもこちらに向かっていると？」

「ベッケンバウアー氏が試作した新型魔導ソリの試験も兼ね、少数精鋭で魔物の領域に突撃を仕掛ける予定だそうです」

「それは最高に面白いのである！」

「ええっ？」

某たちも、帝国の連中も、今魔物たちに前進を阻まれている状態！

この状況を打破するには、バウマイスター辺境伯たちによる乱入は最も有効な手段である！

「了解なのである！　聞いたか？　お主たち！」

某は、やる気の薄い魔導師たちにこの伝令の話を聞いていたかどうか、強く問いかけたのである！

「バウマイスター辺境伯様がですか？　彼がこの最前線に？」

「当たり前である！　彼も王国を支える貴族なのである！　王宮魔導師であるお主らも、もっと気合を入れて戦うのである！」

「「「「「「「「了解しました！」」」」」」」」

ようやく少しは動きがよくなったようである！

バウマイスター辺境伯たちが北を目指すとなれば、某たちもそれに負けないように動かねば。さすれば、おのずと道は開けるというもの。

間違いなく、ペーター陛下経由で帝国側も了承している事項であろうから、あとはどちらがいち早くこの北の大陸のすべてを把握するか。

「国同士の意地の張り合いというのは面倒なことである！　バウマイスター辺境伯のおかげで、上手く調整できたのであろう」

これでなんとかなるはず。

あとは、一日でも早く王宮筆頭魔導師の職をバウマイスター辺境伯に譲り、某は気ままな日々を過ごしたいものである！

＊　＊　＊

「エルぅ―――！　もっとスピード緩めろぉ―――！」

「えっ？　そんなに速いか？　悲鳴をあげてるのはヴェルだけだけど」

「この程度のスピードでは、ワシの新型魔導ソリが泣くというもの。エルヴィン殿、もっとスピードを上げるのだ」

「やめろぉ―――！」


急ぎ、大陸北部にある魔物の領域に突入するため、俺たちはベッケンバウアー氏が試作した新型魔導ソリに乗り、エルの操縦で出発した。

それはいいのだが、この新型魔導ソリの走り方はジェットコースターに似ており、出発直後から俺は一人悲鳴をあげていた。

魔導飛行船や『飛翔(ひしょう)』が使えれば問題なかったのに、毎日ブリザードが発生するなんて……。

一刻でも早くこの北の大陸の探索を終え、バウマイスター辺境伯領に戻りたいものだ。

観光地としては、一回来れば十分なのだから。

「あなた、大丈夫ですか？」

「うぐぐ……」

俺を心配したエリーゼが治癒魔法をかけてくれるが、こればかりは気分的な問題なのでどうにもならない。

とにかく今は……途中休憩が欲しい……。

サービスエリア……あるわけないか。

「エリーゼは大丈夫なの？」

「もう少し速くてもいいと思いますけど、移動手段としては快適ですね」

俺の質問に対し、笑顔で答えるエリーゼ。

エリーゼは速く走る乗り物に強いので、俺からすると羨ましい限りだ。

同時に彼女は、スピードが出る乗り物のハンドルを握ると性格が変わるので、操縦者であるエルに対し、『絶対に、エリーゼにこの新型魔導ソリの操縦を任せるな』と釘を刺したほどだけど。

「情けない話だな。数々の偉業を成し遂げたバウマイスター辺境伯殿が……」

「人間一つぐらい欠点があった方が可愛らしいと思いますよ……」

「美女ならともかく、男性にはそんなもののない方がいいだろう」

「……」

ベッケンバウアーめ！

自分は平気だからって……しかも、余裕綽々で新型魔導機関のチェックをしながらメモを取っていやがる。

絶対に俺にはできない芸当だ。

「ずっと同じ風景ね」

「一面分厚い氷に覆われた大地か……。古代魔法文明時代の遺産とやらがあればいいが、もしなにもなかったら……両国の奮闘も無駄に終わるというわけだな」

新型魔導ソリは高速で走っているが、見える風景はあまり変わらない。

一面氷の大地だからだ。

場所によっては氷で覆われた山などもあるそうだが、基本的に植物は一切生えていなかった。

現時点での植民は難しいだろう。

「（なにか考え事をしていないと辛い……）」

「あれ？　アグネスちゃん、どうして魔導ソリにこんな大きな木箱が積まれているのかな？　物資はすべて魔法の袋に仕舞ってあるんじゃあ……」

「えっ？　そういえばこの木箱って誰が積んだんでしょう？　シンディかな？」

「私は知らないよ」

「おや、そなたたちではないのか？」

「テレーゼ様の荷物だと思いました」

「妾も、必要なものは魔法の袋に入れてあるぞ。ルイーゼではないのか？」

「ボクだって知らないよ。木箱だから、ブランタークさんのお酒じゃないの」

「酒は持ってきたけど、それこそ魔法の袋に仕舞っておけばいい話だろうが。俺は知らないぞ」

出発して、しばらくしてから気がついたのだけど、いつのまにか新型魔導ソリに大きな木箱が積まれていた。

みんなそれぞれ、自分以外の誰かが積み込んだものと思ったらしく、互いに『木箱を積み込んだのでは？』と問い質したが、誰も知らないという。

「イーナちゃんとエリーゼも知らないよね？」

「だって、荷物なら魔法の袋に入れれば済む話じゃない」

「私もこのような木箱は積み込んでいません。あなたは？」

「俺も知らない……で、これってなにが入ってるの？」

「確認した方がいいかもな」

そう言うと、エルは一度新型魔導ソリの動力を落として停止させた。

氷の上を滑っているせいで一旦停止しても数百メートルは進んでしまうのだけど、思わぬ休憩時間が発生し、新型魔導ソリのスピードでグロッキーになっていた俺は、その幸運を珍しく神に感謝している。

新型魔導ソリが停止すると、すぐにエルが木箱を開けた。

すると、中には意外なものが入っていた。

「見つかってしまいました」

「ふふっ、ここまで進んでしまえばもう戻りようがないからな」

なんと木箱には、探索に連れていってもらえないせいで拗ね、部屋に閉じこもってしまったはずのルルと藤子が隠れていたのだ。

それにしても、子供とはいえ二人が入れる木箱をいつの間に……。

魔法使いだからできなくはないのか。

「悪い子は、ヴェルの『瞬間移動』で宿営地送りだぞ」

「私もヴェンデリン様と一緒に探検したいです」

「俺もだ！　俺の黒い炎の竜は探索の役に立つぞ」

ルルと藤子は絶対に探索についていきたいと、珍しくルイーゼに対し反抗した。

「危険なんだから、子供は駄目に決まっているじゃないか」

いつになくエルが正論を言うが、同時に俺はある事実に気がついた。

「二人とも、ヴェルの『瞬間移動』で宿営地に戻って……」

「待て！　イーナ！」

俺は、ルイーゼやエルやイーナに対し、それはできないと言った。

「ミズホには、可愛い子には旅をさせろって言葉があるし、二人とも魔法が使えるから」

「いや、今回に限っては駄目だろう。観光じゃなくて、魔物退治なんだから」

エルの言うことは正論なんだけど……。

「私、魔法の腕前を上げましたよ」

「俺もだぞ。黒い炎の竜は焼き尽くす敵を求めている」

当然、二人はついていく気満々であった。

「ヴェル、いつもなら絶対に反対するのにどうしてなの？」

「それは、『瞬間移動』が使えないからだ」

「ええっ！　どうしてなの？」

俺はみんなに、ルルと藤子を『瞬間移動』で宿営地まで送れない理由を説明し始めた。

「自分で『飛翔』しながらとか、魔導飛行船で位置把握をしながら進んでいれば『瞬間移動』も使えたけど、ここがどこなのかもよくわからないし、宿営地との距離なども不明だ。新型魔導ソリが、時速何キロ出ていて、今何キロ進んだのかというデータもない」

だから、二人を『瞬間移動』で宿営地に戻すことができないのだ。

「おい、ヴェル。この探索隊は、結構行き当たりばったりで危険なんじゃないのか？」

「そうとも言う」

いきなり、こんな新型魔導ソリで未知の大陸を探索するんだ。

いくらヴァルド殿下の命令とはいえ、危険に決まっている。

「元々、魔物の領域の南限付近で魔物たちを誘引し、両国の探索隊のサポートをするのが主な任務なんだ。無理に北の果てなんて目指さなくていいんだよ」

そういうのは、両国の名だたる軍人や魔法使いたちに任せておけばいいんだ。

下手に俺が功績を稼ぐと、嫉妬してうるさい貴族が出てくるのだから……あと導師もか。

「なんとも行き当たりばったりな……」

「しかしながら、この新型魔導ソリがあれば、万が一の際の撤退も素早く実行可能だ。ワシはこの新型魔導ソリの試験ができれば十分なので、導師たちや、ましてや帝国の探索隊が無茶をして失敗しても気にはならないがな」

「あの……さすがにそれは……」

相変わらずの暴言王であるベッケンバウアー氏に、エリーゼが苦言を呈した。

俺たちも、彼女と同意見である。

ＴＰＯを弁(わきま)えろと。

「魔法が使えないのなら問題だが、魔法が使えるのだから戦力になるであろう。ワシらは急がねばならないので……バウマイスター辺境伯殿、魔導携帯通信機の着信音が鳴っておるぞ」

「あっ、本当だ」

俺に連絡してきたのは、ルルと藤子の面倒を見ているアマーリエ義姉さんだった。

『ヴェル君、むくれて部屋に籠っていたはずの、ルルちゃんとフジコちゃんがいなくなってしまって……もしどこかで迷子になっていたら……』

「あのう……二人ならここにいます」

『はい？　大丈夫なの？』

「まあこういう事情なので、適当なところで引き揚げますよ」

アマーリエ義姉さんが心配するので、子供たちが紛れ込んでしまった以上、早めに引き揚げますから、と言って魔導携帯通信機を切った。

「あっ……辺境伯様、もしかして……」

「ブランタークさん、将来有望な魔法使いの卵は大切にしないと。ここは寒いですからね」

思わぬアクシデントだったけど、まさに『災い転じて福と成す』だ。

いやぁ、探索隊を出発させたら子供が紛れ込んでいたなんて想定外だ。無理はできないので、適当なところで引き揚げますから、と言い訳が立つからだ。

「辺境伯様、ちょっと無理がないか？」

「今回の北の大陸探索こそ、無理がありすぎですよ」

あの導師が、王宮の魔導師隊を率いてもなかなか北上できないのだ。

ここは変に焦らず、北の大陸探索には時間がかかるのだという事実を、ペーターもヴァルド殿下も認めないと。

国家の威信のせいで、人が死んだら大変じゃないか。

「そのためには、俺たちが早めに撤収してしまうという手が有効なんです」

導師もなかなか北上できず、俺やブランタークさんを投入しても駄目だった。

『じゃあ、仕方ないよね』と正当化できるからだ。

「辺境伯様が、貴族たちに悪く言われるぞ」

「別にいいじゃないですか」

逆に好都合とも言える。

もし散々苦労して、俺たちがどうにか北の果てに辿(たど)り着いたとしてもだ。

どうせまた、貴族たちに嫉妬されるだけなのだから。

「ヴァルド殿下にくっついている貴族たちが、『バウマイスター辺境伯、使えねえ！』って思ってくれたら、かえって好都合ですよ」

そうなれば、みんなで領地に籠ってノンビリ――開発はあるけど――暮らせばいいのだから。

「普通の貴族ってのは、出世を願うものだがね」

「もう十分ですよ。過ぎたる欲は身を滅ぼしますって」

古代魔法文明時代の遺産にしても、どうせ両国以外にこんな氷だらけの大陸を探索できるとは思えない。

魔族の国にしても同じだ。

「今回の件を教訓に、なんなら共同探索隊でも出せばいいんじゃないですか？　王国って、この大陸の領有をしたいんですかね？」

「それはないだろうな」

「だったら、ちょっと北上して魔物とちょこちょこっと戦って戻りましょうよ。ブランタークさんも、その方が楽でしょう？」

「その方が楽なのは確かだな。それに俺たちを呼んだってことは、探索で苦戦しているってことだからな。仕切り直しに誘導したいぜ」

ペーターもヴァルド殿下も、家臣たちの手前、多少張り切りすぎている面もあると思う。

ここは、俺たちがやる気のないところを見せてやろう。

そうすれば、諦めて一時撤退となるはずなのだから。

「酷(ひど)い行動指針だな」

「じゃあエルは、導師みたいに魔物を次々と倒す方がいいのか？」

「防寒着を着ているから、ここではあまり頑張りたくないな」

「じゃあ、そういうことで」

まさか、藤子とルルが勝手に新型魔導ソリに乗り込んでいたとは思わなかったが、ちょうどいいので利用させてもらおう。

北の大陸の探索なんて、もっと時間をかけてやればいい。

そう思いながら、俺たち探索隊は再び新型魔導ソリを走らせたのであった。

第七話　極寒の大陸

「ヴェル、結構な大きさの岩山が見えるぞ」

「これは目印になるのか？　う――――ん、これまでに作られた地図には載っていないな」

「その地図、ちょっとあてにならないよな」

「できる限り北上して、駄目そうなら宿営地に戻ればいいさ。もしかしたら、俺かブランタークさんの『探知』で導師は見つけられるかもしれない」

「辺境伯様、もし導師と合流したら一緒に戦闘三昧（ざんまい）だぞ」

「『探知』できないことを祈るよ、俺は。ヴェルやブランタークさんみたいに魔法を使えないからな」


新型魔導ソリで、俺がグロッキーにならない程度の速度で走っていたら、もう夕方になってしまった。

早速野営地を探すが、前方に岩山が見えてきたので、その近くでちょうどいい場所を探すことにした。

「とはいえ、テントを張るってわけにいかないからなぁ」

なぜなら、この北の大陸は毎日のように吹雪（ふぶ）くからだ。

氷上にテントを設営しても、すぐに猛吹雪で飛ばされてしまうだろう。

「となると……」

そこで、岩山に魔法で洞窟を掘ることにした。

「藤子、ルル。慎重に削らないと、洞窟が崩れてしまうから頑張って」

「むむっ……俺はこういう繊細な魔法は苦手なんだ」

「頑張ります」

二人は、覚えたばかりの『ウィンドカッター』を応用して岩山の壁に洞窟を掘っていく。

「アグネスたちも手伝ってくれ」

「わかりました、先生」

「慎重に慎重に……」

「意外と難しいなぁ」

アグネスたちも洞窟掘りに加わり、最初は苦戦していたようだけど、一時間ほどで大きな洞窟が完成した。

早速魔導ソリを入り口付近に置いてから、俺たちは奥で野営の準備を始めた。

とにかく寒いので火を焚き、しかも一酸化炭素中毒にでもなると大変なので換気にも気を使う。

「エリーゼ、豚汁と甘酒は温まったかな？」

「もう少しです」

この環境で凝った料理をするのは難しいので、事前にアマーリエ義姉さんたちに作っておいてもらったシチュー、豚汁、肉じゃが、甘酒等々……。

大鍋ごと魔法の袋に入れておいて、温めるだけにしていた。

「バウマイスター辺境伯領の牧場で搾ったミルクを材料に作らせたチーズを火で炙り、溶けた表面をナイフで削り取って、これをパンに載せる」

「うわぁ、美味しそうですね」

「お館様、早く食べたい」

「どうぞ」

溶けたチーズを、たっぷりとパンに載せて食べると美味しい。

なにしろこの極寒の地だ、カロリーの問題は考えなくてもいいだろう。

魔法どころか生死にも影響するので、むしろ多めに摂取して体を温めなければ。

「温めたトンジルとアマザケか。ここまで寒いと、温かい食事はありがたい」

洞窟の入り口付近に置いた新型魔導ソリを整備していたベッケンバウアー氏もやってきたので、みんなでの夕食となった。

品数は少ないが、こんな気候だと温かい食事というだけでご馳走だな。

「ミズホの甘酒は、ちょっと酒精分が足りないな」

「元からアマザケにはほとんど酒精が入っていないんだけどなぁ……ふぇ――！　効くぅ――！」

ブランタークさんは、甘酒にブランデーを混ぜて飲んでいた。

ここまで寒いと、少量なら仕方がないか。

「念のため、交代で入り口を見張るか？」

「ブランターク、それは必要ないぞ」

「どうしてだ？　ベッケンバウアー」

「気がつかないか？　どうしてこの洞窟の中に、吹雪が入り込んでこないのかを」

「そう言われるとそうですね……」

今、洞窟の外は猛烈な吹雪に見舞われているのに、洞窟の中に吹雪が舞い込んでこない。

不思議なことだが、その原因をベッケンバウアー氏は知っているようだ。

「ワシの発明は、新型魔導ソリだけではない！　『自動魔法障壁装置』を洞窟の入り口に置いたのだよ」

「自動魔法障壁装置？」

「実際に見ればわかる」

ベッケンバウアー氏について洞窟の入り口に行くと、入り口は開いているのに、まったく吹雪が入ってこないという不思議な現象が起きていた。

「……もしや、『魔法障壁』で吹雪が洞窟の中に吹き込むのを防いでいるのか」

「正解だ！　バウマイスター辺境伯殿。この自動魔法障壁装置を作動させると、『魔法障壁』が発生するのだよ」

入り口付近の地面を見ると、小さな円盤のような装置が置かれており、ここから『魔法障壁』が発生しているのが確認できた。

「便利そうですけど、よく歪（いびつ）な洞窟の入り口を完璧に『魔法障壁』で塞（ふさ）げますね」

岩にぶつかると、『魔法障壁』の硬度によっては洞窟の入り口を破壊してしまう懸念があると俺は思うのだ。

「そこがこの装置の肝だな。『魔法障壁』がなにかに当たると、それ以上展開しないような作りになっているのだ」

「それって、用途がえらく限られるような……」

岩に触れるとそれ以上展開しない『魔法障壁』だと、本来の目的である防御に重大な支障が出ると思う。

そう都合よく、洞窟の入り口を隙間なく塞いでくれて、強度にも優れている『魔法障壁』を作り出せるとは思えないからだ。

「確かに、今の自動魔法障壁装置が作れる『魔法障壁』の強度は、雨風や吹雪が舞い込むのを防ぐ程度だが、改良して強度が増せば、じきに王国軍でも採用されるはずだ！」

使い方としては、軍勢が前面に設置して魔法攻撃を防ぐといった感じかな？

実用化できたら便利だと思う。

「しかしこれ。窒息しないのかね？　洞窟の入り口を塞いじゃって」

「寝る前に空気を入れ替えるし、洞窟は広めに掘削してある。どうせ寝ている間は火を焚かないのだから問題ない」

「本当かなぁ？」

「その程度の対策、ワシが立てていないと思うか？」

自分の命もかかっているのだから大丈夫だと思うが、ベッケンバウアー氏のことなのでチェックは忘れないようにしよう。

夕食が終わり就寝の時間となったので、一度自動魔法障壁装置を切って洞窟内の空気を入れ替え、そのままだと寒いので、魔法で空気を暖めた。

「試作した『寝袋』だ」

「一人、一人、くるまって寝るのか」

「ヴェルは、色々と思いつくよね」

人数分の寝袋を用意しておいたのでそれにくるまって寝ることにするが、一つだけ想定外の出来事があった。

「お館様、俺の寝袋は？」

「ヴェンデリン様、私の寝袋はどこですか？」

「……子供用の寝袋がなかった」

予備の大人用の寝袋は用意してあったが、五歳児でも使える子供用の寝袋を用意していなかったのだ。

「大人用の寝袋を、子供が使うと寒いんだよなぁ……」

大きすぎて隙間が増えるから当然だけど。

かと言って、一つの大人用寝袋で子供二人が寝るわけにもいかず……。

「ヴェル、その大きな寝袋は？」

「ああ、これは……」

導師のような体の大きな人向けだ。

「じゃあ、それでヴェルが一緒に寝ればいいんじゃないかな？」

さすがはルイーゼというか、そういうアイデアを思いつくのが早い。

吹雪を防ぎ、魔法で空気を暖めても、洞窟の中は寒い。

俺は、大きな寝袋で藤子とルルと三人で寝ることにした。

「お館様、これは暖かくていいぞ」

「本当に暖かいです」

五歳児の二人と同じ寝袋の中で一緒に寝ていると、まるでお父さんにでもなった気分だな。

「明日も早いから寝よう」

こうして俺たちは、寒さに凍えることなく就寝することができたはずだったが、俺だけはなかなか寝付けずにいた。

その理由は……。

「いいなぁ、フジコちゃんとルルちゃん」

「先生に、私も寒いですって言ってみようかなぁ？」

「いいなぁ、同じ寝袋いいなぁ……」

「……」

俺たちの近くで寝ているアグネスたちが、小さいけど俺の耳によく聞こえる声でしばらくそう囁(ささや)き続けるものだから、寝付くのに時間がかかってしまった。

藤子とルルは、お子様なのですぐに寝付いてくれたけど。

＊　＊　＊

「どうだ？」

「魔物の領域に入っても、魔物がほとんど襲ってこなくなった」

「この前の多くの魔物たちは、一体どこに消えたんだろうといった感じだな」

「やはり、人間たちが動いているようだな。それもかなりの規模で」


ここ数日、魔物の領域に入らず、野営をしながら魔法の訓練を続けていた私たち世界征服同盟の十名であったが、早朝に偵察も兼ねて魔物の領域に入ったら、極少数の魔物しか確認できなかった。

いくら魔法の才能を上げつつある私たちでも、そう簡単に大陸にある魔物の領域の魔物たちを全滅寸前にまで追いやってしまったなど考えにくい。

ならば別の理由により、私たちが侵入したエリアの魔物たちがいなくなったと推察できるわけだ。

「カイツェル、どう思う？」

「人間たちは、二つの国が競うように探索を進めているものと予想されます。そんな彼らに、魔物の領域の魔物たちが強く引き寄せられた可能性があります。人間にも、多くの魔物を倒す凄腕(すごうで)の魔法使いたちがいるので、彼らが頑張って倒せば倒すほど……」

怒った魔物たちは、人間に殺到する。

数日前の私たちと同じミスを繰り返しているようだが、なかなか修正が利かない部分は人間らしいというか。

やはり、欲の皮の突っ張った下等生物だな。

「となると……これはチャンスか？」

数日前までは私たちの侵入を頑(かたく)なに阻止し続けていた魔物たちだが、その大半が人間たちに向かった可能性が極めて高くなった。

「ここ数日、魔物の領域から出ていた成果だ！」

焦らずに待っていたら、焦った人間たちに魔物は向かったようだな。

「カイツェル、急ぎ古地図に記載された極点を目指そうではないか」

「そうですね。今この時を逃したら、お宝は手に入らないでしょうから」

「魔物の相手は人間に任せればいい」

決断した私たちは訓練を続けた『飛翔』を用い、この極寒の大陸の極点を目指す。

予想どおり魔物の姿はほとんど見えず、これなら猛吹雪の際に地面に降りても安全であろう。

「猛吹雪の際は地面に降りればいいのに、どうして人間は探索に『飛翔』を用いないのでしょう？」

「多分、探索に参加している人間が全員『飛翔』を使えるとは限らないからだろう」

私は、カイツェルの疑問に答えた。

人間の魔法使いの数は少ないし、『飛翔』を使えない者だっている。

さらに探索隊には、魔法使いでない者たちも大勢交じっているからだ。

「つまり、今の状況は少数精鋭である私たちが圧倒的に有利というわけだ」

「能力が低い者に足を引っ張られるとは。人間とは愚かですね」

「だからだよ、カイツェル。我ら魔族が人間を支配、管理せねばならないのだ」

初日は、順調に北上できた。

吹雪いてきたので地面に降り、雪洞を作って野営をする。

交代で見張りを立てたが、やはり魔物の姿は見えなかった。

そして翌朝。

『飛翔』で浮かび上がろうとしたその時、北の方から聞こえる『ドスン！』、『ドスン！』という音と共に地面が揺れるのが確認できた。

「足音か？」

「みたいだ。なにやら巨大な魔物が南下を続けているようだな」

「みんな、静かにしよう」

もし私たちに向かってこられたら目も当てられない。

十人で雪洞に籠（こも）って静かにしていたら、徐々に足音と振動が弱くなってきた。

「どうやら、派手に魔物を殺している人間たちに向かっているようだな」

「しかし、あれだけの足音と揺れを起こす魔物とは……」

「魔物の領域を守護するボスであろう」

しかし我々は本当にツイている。

一番厄介なボスが、人間に向かっているのだから。

「我らの目的は、極点にあるという古代魔法文明時代の兵器を手に入れることだ。デカブツの相手は人間に任せるに限る」

まあせいぜい頑張って、デカブツの相手をしてくれ。

その間に我々は、目的の品を手に入れることにしよう。

「それにしても……よく発見できたものだ」

「フジコちゃん、凄い」

「ふっ、俺の右目の暗黒竜は、たとえ厚い氷の下にあるものでも見逃さないのだ」

「……（絶対に偶然だろう……そもそも、眼帯をしているし……）」

＊　＊　＊

翌日の早朝。

起床した俺たちが事前に大鍋に作ってあった味噌汁とご飯、その他おかずを温めていると、洞窟の外で、昨晩の吹雪で積もった雪で雪遊びをしていた藤子とルルが駆け込んできた。

なにかを見つけたらしい。

朝食の支度をエリーゼたちに任せて見にいってみると、瓦礫で塞がりかけている洞窟の入り口らしきものだった。

ルルによると、第一発見者は藤子だそうだ。

彼女はその成果を、自分の右目の暗黒竜のおかげだと言っていたが、もう彼女の言動に慣れたみんなは軽くスルーした。

「入り口の瓦礫を取り除けば簡単に入れるが、導師もヴァルド殿下も一刻も早く俺たちに来てほしいだろうからなぁ」

「でも、ブランタークさん。この北の大陸で初めて見つかった、人間が掘った可能性がある洞窟ですよ。探った方がいいと思います」

「ヴェル、どうするんだ？」

「ヴァルド殿下に聞いてみる」

すぐに魔導携帯通信機でヴァルド殿下に連絡を取ると、必ず洞窟の中を確認してくるようにと言われた。

もしかしたら、洞窟の奥に古代魔法文明時代の遺産が眠っているかもしれないからだ。

「というわけなので、朝食後に瓦礫をどかして調査を始めよう」

「辺境伯様、朝食はちゃんととるんだな」

「それはそうですよ」

この極寒の大陸で健康を保つのには、定期的なカロリーの摂取と、温かいもので体を温める必要があるのだから。


朝食を終えた俺たちは、洞窟を塞いでいる瓦礫を魔法でどかして中へと入っていく。

すると、あきらかに人工物だと思われる階段が下へと続いていた。

「ヴェル、地下になにかあるのかな？」

俺とエルが先頭となり、『探知』をしながら階段を下りていくが、魔物の気配はまったくない。

最後まで階段を下りきると、なんとそこには小さな町が広がっていた。

「町？　こんな場所にか？」

無人であるはずの北の大陸の地下に、このような地下街が存在していたとは。

エルは大層驚いているが、建物をよく見ると、魔族の国にあったプレハブのような造りのものばかりだ。

もしかしたら、臨時で造られた町、ベースキャンプかもしれない。

「魔族の地下遺跡……いや、古代魔法文明時代のものだろうな」

「でも、こんな簡素な造りの建物が一万年以上も形を保てるものなのかしら？」

「イーナ、ここは地下空間で、さらに極寒だ。地上とそれほど寒さも変わらないし、凍りついている建物が多いんじゃないか」

この環境のおかげで、この地下街の建造物は比較的原型を保っているのだろう。

「もしかして、寒いから死んだ人が氷漬けになっているとかないわよね？」

「ないとは言い切れないから、実際に探ってみるしかない」

俺たちは、早速地下街の調査を始めた。

数十棟ある建物に順番に入って中の様子を探ってみるが、簡素なテーブルと椅子、生活用品ぐらいしか置かれていない。

なにかの目的で臨時に造られ、放棄されたものなのであろう。

「ヴェル、なにもないね」

ルイーゼは、お宝が見つからなくてガッカリしていた。

ここも地下遺跡のカテゴリーに入るから、彼女はなにかしらお宝があるだろうと、大いに期待していたようだ。

「置かれているテーブルや椅子がどの建物も同じもので、生活用品も簡素な作りのものが多いな」

ベッケンバウアー氏らしい目の付けどころと言えるか。

「バウマイスター辺境伯殿はどう思う？」

「そうですねぇ……」

プレハブのような簡素な造りの同じ建物が数十棟。

内部は非常に質素で、置かれていたテーブルや椅子、ベッド、生活用品などは機能性重視で、どの建物に置いてあるものもすべて同じ。

ずっと住み続ける家に置くようなものじゃないな。

「この地下街を造った古代魔法文明の人たちは、我々と同じように探索目的でこの大陸にやってきたのかもしれません。ベースキャンプといった感じですね」

定住者の住居や家具、生活用品には見えないからだ。

「補給を楽にするために、テーブルや椅子、コップもみんな同じものを使っていたのだと思います。そして……」

「そして？」

どの家の中にも、残された家具や生活用品が少ないと思う。

さらに、家によってはテーブルや椅子が倒れており、この地下街にいた人たちが慌てて逃げ出したようにも推察できるのだ。

「そう言われると、確かにそうだな」

「古代魔法文明時代の人たちが、なにかしらの目的を持ってこの大陸に探索隊を送り込み、ここにベースキャンプを置いてなにかをしようとしていた。ところが予想外の出来事があり、彼らはここを放棄、封印して逃げ出した」

すべての家の中を探した結果、食料の類がほとんど見つからなかった。

撤収の際に持ち出したのであろう。

食料がないと人間は死んでしまうからだ。

逆に、放置されたテーブルや椅子、ベッド、コップなどは高そうな品にも見えないし、持って帰ると荷物になるので、捨てていったと予想できるわけだ。

「とても冴えた推理ですね、あなた」

「確かに、納得してしまうわ」

「さすがは、ヴェル。頭を使っているわね」

「妾も感心したぞ」

「先生は考古学にも詳しかったんですね」

「凄い、凄い」

「私たちの先生だから」

「おおっ！　さすがはお館様だな。俺の将来の夫君だ」

「凄いです、ヴェンデリン様」

なんとなく適当に推理しただけなんだけど、女性陣からの称賛が少し恥ずかしかった。

同時に嬉しくもあったけど。

「辺境伯様は、奥さんたちに人気でよかったな」

「俺とブランタークさんは、大したものがなくてガッカリだぜ」

ブランタークさんとエルは、せっかくの地下遺跡だったのにハズレだったので、テンションを大いに下げていた。

「よく探せば、まだなにかあるかもしれない。ここで諦めてどうするのだ」

ベッケンバウアー氏だけは一人気合が入っていたけど、もうすべての建物の中を探索している。というかこの地下遺跡、すべて同じ造りの建物しかないのだ。

いかにも工業品といった感じだな。

「テーブルや椅子は凍りついていて、持ち帰るのも困難というか、どうせ大した価値もないだろう。アーネストのおっさんがいれば、『古代魔法文明時代の英知がぁ――――！』とか言いそうだけど」

エルによるアーネストの物真似は、全然似ていなかった。

魔物どころか、生物反応すらない地下街の中をさらに手分けして探し始めるが、残念ながら大したものはなかった。

「ここがベースキャンプで、すでに放棄されていると予想したバウマイスター辺境伯殿の正しさが補強されたのみだな。いつまでもこんなところで油を売っていると、ヴァルド殿下から早く本来の任務に戻れと言われるかもしれないな」

「むむむ……」

この大陸の探索は、一旦仕切り直した方がいいと思うんだよなぁ。

俺たちが少しばかり北上して魔物を倒したところで、そう簡単に北の果ての壁まで行けるわけがないのだから。

なにが一番辛いかといえば、天候のせいで魔導飛行船が使えない点であろう。

「適度なところで諦めさせないと、この極寒の地で永遠に凍りつく羽目になるかもしれない」

「ヴァルド殿下からしたら、陛下より許可を得ての探索だし、導師も援軍として連れてきた。シンパである若手貴族たちも、ここで名を挙げようと気合を入れているから、撤退なんて言うと反対するに決まっている。ペーター陛下に対する競争意識もあるだろう」

両国のトップと次期トップが気合を入れて自ら参加した事業ゆえに、そう簡単に撤退はできないと考えているわけか。

メンツを考えないといけない偉い人たちは、色々と大変だな。

「面倒ですね。俺なら即行撤退しますけど」

「まあ辺境伯様ならな、ただ……」

「ただなんです？」

ブランタークさんに質問をした瞬間、魔導携帯通信機の着信音が鳴った。

急ぎ出ると、ヴァルド殿下からだった。

『ヴェンデリン、困った事態になった。私も、どうやらペーター陛下も、探索隊の再編とさらなる北上を始めたのだが、どうも魔物の様子がおかしい。さらに北から、徐々に大きくなっていく足音と揺れがあってな。これはつまり、アレであろう？』

「アレ、でしょうね……」

ペーターもヴァルド殿下も気合を入れて北上の邪魔になる魔物を倒し続けていたら、ついにアレを怒らせてしまったのであろう。

この大陸の魔物の領域のボスを。

「ヴァルド殿下、一時後退を進言します」

まさか、魔物の領域のボスが自ら南下してくるとはな……。

ただ、いまだに魔物の生態は完全にわかっていないので、そういうボスがいても不思議ではないのだけど。

「導師に殿を任せて、一時撤退すべきです」

もしヴァルド殿下になにかあれば、王国が大きく混乱してしまう。

なにより、大切な息子にして後継者を失った陛下が、俺たちも処罰するかもしれない……笑いたければ笑え！

俺は自己保身の権化なのだから。

一刻も早くペーターとの競争をやめ、魔物の領域の外に出るべきだと進言した。

ところが、思わぬ邪魔が入ってしまう。

『バウマイスター辺境伯か？　アームストロング導師も、他の魔導師たちも、在野の魔法使いたちだっているのだ。どんな魔物の領域のボスかは知らないが、返り討ちにしてくれるぞ』

『バウマイスター辺境伯は、安心して結果を待つがいい』

「……」

ヴァルド殿下にくっついている貴族たちめ！

こんな時に、功績稼ぎなんてしている場合ではないだろうに！

『貴族たちによると、この魔物の領域のボスは属性竜ではないそうだ。飛ばずにわざわざ歩いているから間違いないと。属性竜でなければ、導師の他にも多くの魔法使いたちもいるから、そう苦労なく倒せると言っているのだ』

『飛んでこないからといって、まだ姿も見ていないのに属性竜ではないと断言できませんよ』

それに、もし属性竜でないにしてもだ。

広大な魔物の領域のボスにして、まだ遠方にいるのに大きな足音と地面の揺れまであるのだ。

ただの巨大な魔物だという可能性は低かった。

「少なくとも、どのような魔物か偵察をする必要があります！　一時撤退を！」

『バウマイスター辺境伯は、噂よりも臆病なのですね』

『今の戦力で、十分にこの足音の主に勝てますよ』

『帝国になんて負けませんからご安心を』

「あっ！　ちょっと待って！」

俺の忠告を無視し、ヴァルド殿下の傍にいた貴族たちが通信を切ってしまった。

「導師はなにをしているんだ？」

「多分、最前線でハイになって戦っているはずだ」

「……こんな時に！」

導師は前線で一魔法使いに徹しているから、ヴァルド殿下についている貴族たちの暴走に気がついていない。

「それにしても、恐ろしい話だな」

もしこの取り巻きの貴族たちがいなかったならヴァルド殿下だって、とっくに一時徹底して導師を偵察に出しているはずだ。

それなのに、今は自分のシンパである貴族たちの意見に引きずられているのだから。

「導師は陛下の親友じゃ。あまり彼を活躍させると、ヴァルド殿下の功績が薄れると連中は思ったのかもしれない」

「ああ、もう！」

「どんなにアレな連中でも、為政者は支持者を大切にしたいもの。ヴァルド殿下はペーター殿と同じく聡明であるが、為政者の陥る業からは逃れられないようじゃな。妾もそれで躓いた」

時に為政者は、自分がこれは正しいと思う選択を、シンパたちの意見を無視してでも実行しなければならない。

みんながこの意見だからといって自分の考えを曲げた結果、最悪の結末に陥ることは歴史上でもよくあった。

テレーゼはそれを経験したことがあるからこそ、ヴァルド殿下の陥穽に気がついたのであろう。

「やれやれ、この分ではペーターも退いていないかもな」

「ヴァルド殿下に負けるわけにはいかないからの。国内の支持に響く」

「もう……しょうがないなぁ」

さすがに、命の危険があれば二人も逃げ出すはず……とはいえ、万が一にもなにかあると俺の人生に影響が！

フリードリヒたちの安寧のため、二人に合流してから一時撤退させ、ボスの詳細を知るために偵察も必要だな。

「この地下街の探索を一旦中止し、急ぎ北上する」

ここの探索は、あとでいいだろう。

大したものもない地下遺跡だが、アーネストならなにか喜びを見出すはずだ。

「あの、あなた」

「どうかした？　エリーゼ」

「フジコちゃんとルルちゃんがいません」

「あれ？」

子供だからか、すぐにいなくなってしまうな。

多分その辺で遊んでいるのだろうが、さすがにそろそろ注意しておこうかな。

などと思っていたら、その二人が駆け足で戻ってきた。

「藤子、ルル。大人の許可を得ずに勝手にその辺をうろついてはいけません」

「お館様、こんなものを拾ったが、このように氷に覆われていてな」

「私たちだと、魔法で氷を溶かそうとすると燃やしてしまうかもしれないから、ヴェンデリン様にお任せします」

この二人、なにやら変わったものを見つけてきたようだ。

「なにかの紙？　とにかく慎重に氷を溶かしてみよう」

貴重な資料かもしれない。

そんな風に思いながら、俺は紙を覆った氷を火魔法で慎重に溶かしていった。

「辺境伯様、なにやら地図みたいに見えないか？」

「ふむ。もしや、この大陸の地図ではないか？」

「かもしれない……」

細心の注意を払って紙を覆っていた氷をすべて溶かし、さらにインクがはげたり、ふやけた紙がちぎれないように慎重に乾かしてから書かれているものを確認すると、なんと紙には、この大陸と思われる詳細な地図が描かれていた。

「なんだ、ただの地図かぁ」

「おい！」

エル！　お前は本当に、バウマイスター辺境伯家の重臣か？

「この地図は、下手な宝物よりよほど価値があるんだぞ」

「だが、非常に厄介な代物だな」

ブランタークさんの一言で、エルとルイーゼ以外の全員の気持ちが暗く沈んだ。

なぜなら今両国の探索隊は、この北の大陸の詳細な地図を作成して、相手に対し優位に立とうとしているからだ。

「ヴェンデリンは王国貴族だからの。素直にヴァルド殿下に渡すしかあるまい」

「元帝国貴族らしからぬ意見だ」

「妾は元帝国貴族でも、今は実質王国貴族のようなものよ。どうせ王国は、管理が面倒なこの大陸を欲しておらぬ」

「それはどうかな？」

「ブランターク、どういうことだ？」

「確かに、王国も、陛下も、ヴァルド殿下も、こんな氷だらけで人間も住めないような大陸の領有権なんか欲しくないだろうさ。だが……」

ヴァルド殿下の近くにいる貴族たちは違うかもしれない。

探索隊が活躍してこの北の大陸を王国の領地にすることができたという功績が、将来の出世に繋がると考えているからだ。

もし王国がこの北の大陸を管理するようになれば、確実に大赤字だろうけど。

「かと言って、王国貴族のヴェルが、この地図をペーター陛下に渡せばまた大問題よね」

「もしバレたら、俺は多くの王国貴族たちから裏切り者扱いだろうな」

本当、国家や貴族の威信って面倒だな。

「で、どうするんだ？」

「あとで考える」

前世からの俺の必殺技、よくわからないことは、先延ばしにするというやつである。

「それよりも今は、一秒でも早くヴァルド殿下に合流しないと」

「今この時も、ボスと思しき巨大な魔物が南下を続けていますからね」

見つかった地図をどうするかは、たとえエリーゼでも急に妙案など思い浮かぶわけがない。

とにかく今は、急ぎ北上を再開しなければ。

岩山の洞窟と繋がっている地下街の調査を中止した俺たちは、急ぎ新型魔導ソリで北上を再開するのであった。

第八話　アイスアーマードラゴン

「(エルのバカ野郎ぉ！)えっ、エリーゼさん、も、もう少しスピードを落とされた方が……」

「あなた、一刻も早くヴァルド殿下かペーター陛下に合流しませんと……魔導四輪とは比べ物にならないスピード……いいです！」

「間違ってはいないけどぉ――――！」

「最高速度でどれだけ走れるか試してみたいので、このままで頼むぞ、奥方殿」

「(なんてことを言うんだ、ベッケンバウアーの野郎！　俺を殺す気かぁ――――！)」


油断があったのだと思う。

地下街の調査を中止して地上に出た俺たちは、急ぎ新型魔導ソリを動かそうとした。

ところがどういうわけか、操縦者がエルからエリーゼに代わっており、さらにその操縦者を代えてくれと頼むタイミングを逸し、彼女は新型魔導ソリのスロットルを一番上まで一気に上げた。

突然の猛スピードによりGで体を椅子に押し付けられた俺は、目まぐるしく変わる周囲の景色をろくに見ることもできず、すでにグロッキーな状態であった。

なお、操縦者のエリーゼはノリノリだ。

「昨日整備した時、新型魔導機関のリミッターを外しておいて正解だったな。実に素晴らしい加速だ」

「(余計な真似すんな!)」

最初の試験走行でも意識が飛びそうだったのに、もっと速度が上がったら俺は……。

「ねえ、ベッケンバウアーさん。リミッターを外して大丈夫なの？　って、ヴェルが聞きたがっているると思う」

「(ルイーゼ、ナイス)」

実は今にも吐きそうで、俺はもう口を開けられなかった。

「計算上ではほぼ安全だ。とにかく、一秒でも早く探索隊と合流しなければいけないのだ。これを見越して、昨晩整備の時にリミッターを外したワシは天才だな」

自分で自分を天才って言うか？

ベッケンバウアー氏なら言うのだろうけど。

「「「「「……」」」」」

どのくらいのスピードなのかわからないし知りたくないが、エル、イーナ、テレーゼ、アグネスたちはとても静かだった。

ただ……。

「速いね、フジコちゃん」

「これなら目的地まで一瞬だな」

子供である藤子とルルは、この猛スピードを心から楽しんでいた。

大人と違って、新型魔導ソリの速度に順応が早くて羨ましい限りだ。

「(よく気持ち悪くならないな……うぷっ)」

「ヴェル……。今の状況だと、お前よりもこの二人の方が戦力になるんじゃないの？」

「うぐ……」

「最高速度を維持します！」

「頼むぞ、奥方殿」

エリーゼは新型魔導ソリのスロットルを一番上まであげたまま、氷の大陸を疾走していく。

どうやらこのスピードでもなんともないらしい。

ベッケンバウアー氏も、嬉々とした表情でなにやらメモを取っているし……。

全速力を維持したまま、ルルと藤子は、エリーゼが操縦する新型魔導ソリの全力疾走を心ゆくまで楽しんでいた。

将来が楽しみ……というか、俺はいつになったらこの手の乗り物の苦手を克服できるのであろうか？

頼むから、誰か教えてくれないかな？

＊　＊　＊

「巨大な足音が迫っているのである！　果たしてどれほどのボスなのか……」

「アームストロング導師！　ヴァルド殿下は、貴殿がこの足音の主を倒すことを大いに期待しておりますぞ」

「できたらやるのである！」

「できたら？　ヴァルド殿下は、『大いに期待している』と言っているのですぞ。おわかりか？　導師」


ふんっ！

ヘルムート王国に戻ったら、陛下に進言しなければな。

ヴァルド殿下の傍に、虎の威を借る腰巾着たちを置くなと。

某たちが命がけで魔物を倒しながら北上を続けているのに、安全な後方からやってきてヴァルド殿下の威光を嵩に言いたい放題。

この腐れ貴族は、某と共に戦っている多くの王宮魔導師や魔法使いたちの冷たい視線に気がつかないのであろうか？

神経が図太いのか、ただのバカなのか。

まったくもって、羨ましい限りである！

「もはや、これ以上の北上は不可能である！　某が事前にヴァルド殿下から聞いていたのは、『もし無理なら、犠牲を出さないうちに撤退せよ』であったはず」

「無理？　アームストロング導師は、まさか撤退するというのですか？　貴殿の経歴に傷がつきますぞ。この程度の魔物の群れを相手に、逃げ出したなどと……」

「ほう、さすがはヴァルド殿下に近しい期待の貴族殿である！　では、当然お主もこの前線で命を賭けて戦うのであろうな？」

「わっ、私は、今の前線の状況をヴァルド殿下にお伝えするため、すぐにでも戻らなければ……」

「安心するのである！　オーグレー！」

「はっ！」

「これ以上の北上は不可能である！　これより、この……確か、スタンレー子爵だったか？　彼と某が殿を務めるのである！　ヴァルド殿下には、一秒でも早く魔物の領域から出るようにと」

「了解しました」

王宮魔導師のオーグレーは、『高速飛翔』の名人である！

この魔法も使えないスタンレー子爵の魔導ソリよりも早く、ヴァルド殿下の元に辿り着けるはず。

「スタンレー子爵の魔導ソリには、負傷者を乗せて後退させるのである！　さて、スタンレー子爵。貴殿も王国の藩屏たる貴族なら、人に偉そうに言う前に、自分がこの押し寄せる魔物の群れと、この巨大な足音の主と戦えばいいのである！」

「ひぃ――――！」

某はスタンレー子爵に貴族としての道を説いただけなのに、それだけで気絶してしまったのである！

「ヴァルド殿下も、傍に置く者をちゃんと選んでほしいものである！」

彼の唯一の欠点であろう。

自分に従う者たちを、無条件で傍に置きすぎるのである！

当然信用はしてないようであるが、それなら最初から傍に置かなければいいこと。

まあ、今回の親善友好団には多くの若手貴族たちが参加していたので、玉石混交であった点を差し引き、以後は気をつけてもらいたいものである。

「某が殿を務めるのである！　みなは、魔物たちをいなしながら撤退を！」

「「「「「「「「はっ！」」」」」」」」

やはり、わずかな期間でこの北の大陸の探索と地図作りなど不可能であった。

帝国の探索隊も、多分同じような状況に陥っているはずである！

「それにしても、この一日で魔物たちの数が一気に増したのである！」

「他の場所から、我々を食い殺すために押し寄せてきたのでしょうか？　この大きな足音の主と共に……」

「頑張りすぎたようである！」

どうやら、某たちは魔物を殺しすぎたようである！

この足音の主は、間違いなくこの魔物の領域のボスであろう。

「ボスですか……。どのような魔物なのでしょうか？」

「それは実際に見てみないとわからないのである！　気絶したスタンレー子爵も魔導ソリに乗せて後方に下げるのである！」

「お優しいですね」

「ふんっ、である！　まさか死なせるわけにもいかず、ここに残しても邪魔なだけである！」

魔法も使えず、ろくに鍛錬もしていないナヨナヨ貴族など、魔物の前に出しても餌を与えて元気にするだけなのだから。

「見えてきたようである」

「大きい……」

足音が、揺れと地面の氷を砕く音と共に近づいてきたのである！

遠くからでもとてつもない巨体だとわかる大きさで、まるで山のようであった。

「アームストロング導師、あんな魔物を見たことがありますか？」

「ううむ……もう少し近づいてくれれば……なんと！」

ようやくこの魔物の領域のボスと思われるものの全容が見えてきたのであるが、まさかこれは……なのである！

「竜……属性竜なのであるか？」

「それにしては、あまりにも巨大すぎます。それに……」

殿を務める某たちに近づいてくる巨大な魔物は、なんと全高が二百メートルを超えていると思われる、これまでに見たことがないほど大きな竜であった。

体表は青白く、さらにもう一つの特徴として、頭部を除くその体全体が分厚い氷に覆われていたのである。

「この巨体に、分厚い氷のガード。これでは飛べるわけがありませんね」

「羽はあるが、自分の巨体と体を覆う氷が重たくて飛べないのであろう」

まさか、属性竜とは……。

飛来してこなかったので、他の巨大な魔物だと思っていたのである！

「『アイスアーマードラゴン』って感じでしょうか？」

「なかなかにいいネーミングであるが……防御するのである！」

まだ二百メートルほど離れているのであるが、部下の魔導師命名『アイスアーマードラゴン』は強烈なブリザードを吐いてきたのである！

某の合図でみなが『魔法障壁』を張るが、もう少し対応が遅れていたら全員カチコチに凍るところだったのである！

「北上のため、魔物を倒し続けていたので残存魔力量にも不安があるのである！　後方のヴァルド殿下が無事に撤退できるよう、某たちが……」

「アームストロング導師！　西の方向に多数の魔法使いの反応です！」

「帝国の魔法使いたちであるか！」

どうやら帝国も、探索隊の士気を上げるために自らが魔物の領域に入ったペーター陛下を撤退させるため、精鋭魔法使いたちが足止めを始めたようである！

「アームストロング導師ですね？　帝国の副筆頭魔導師サンデスです」

帝国の筆頭魔導師はエメラ殿なので、現在は実質彼が筆頭魔導師のようなものであろう。

それにしても若い。

バウマイスター辺境伯ほどではないにしても、まだ二十歳ソコソコであろう。

それに、前任の筆頭魔導師ブラットソン殿よりも魔力量が多いようである！

帝国は内乱で一時的に魔法使いの数が減ったが、順調に後進の育成が進んでいるようだ。

「属性竜はせいぜいで全高五十メートルほどと聞きましたが、その四倍ほどですか……。しかも、体全体が分厚い氷で覆われているため、魔法が通るかどうか怪しいですね。氷に覆われていない頭部を狙った方がよろしいのでしょうか？」

「うむ……ものは試しなのである！」

某は、アイスアーマードラゴンの進行速度を少しでも遅くするため、巨大な『火蛇』をその頭部目がけて放ってみるが、分厚い氷に覆われた尻尾でなぎ払われてしまったのである！

「尻尾を覆っていた氷は少し溶けたようですが……」

「……すぐに回復してしまうようである！」

アイスアーマードラゴンを倒すためには、その体を覆う氷をすべて溶かさねばならないようである！

だが、この極寒の気候と、あの竜の特殊な体質であろう。すぐに尻尾の氷の厚さは回復してしまったのである！

「某たちも、サンデス殿たちも、魔物との戦闘で魔力を大分消耗しているのである！　まずはペーター陛下とヴァルド殿下の撤退を確認しながら、あの化け物に火魔法をぶつけて南下する速度を落とすしかないのである！」

とにかく今は、両国の人員を全員無事に撤退させなければ……。

もはや、どちらが北の大陸の北の果てにある壁に到達し、この大陸の正確な地図を作るかなんてどうでもいいのである！

「王宮魔導師たち！　魔法使いたちも！　なるべく強力な火魔法を放つのである！」

「帝国の魔導師たちよ！　さらに在野の魔法使いたちよ！　あのデカブツに火魔法で応戦するのだ！」

集結した両国の魔法使いたちが、次々と強力な火魔法を放ち、アイスアーマードラゴンを覆う氷を溶かしていくが、やはりすぐに氷が回復してしまうのである！

「もっと魔力が必要ですね、アームストロング導師」

「で、あるな……もっと強力な火魔法を放つのである！」

両国の魔法使いたちから、さらに強力な火魔法が連続して放たれ、アイスアーマードラゴンを覆う氷を溶かしていくが、やはりまたすぐに回復してしまった。

「強力な火魔法で一気に氷のアーマーを溶かし、さらに氷の下の本体にダメージを与えなければアレは殺せませんね」

「である！」

すでにかなりの魔力を消耗した某たちでは、あのデカブツを倒すことはできず、足止めと時間稼ぎがせいぜいである。

撤退は……なんとかできよう。

「バウマイスター辺境伯たちがいれば……なのである！」

ヴァルド殿下が判断を誤っていなければ、間違いなくこちらに向かっているはずである！

「最後の引き際を誤らなければ……魔力を惜しまず、足止めに徹するのである！」

某とサンデス殿が指揮する魔導師、魔法使い部隊は、アイスアーマードラゴンの進行速度を遅くすることに成功したが、かなりの数の魔物にすり抜けられてしまったのである！

ペーター陛下とヴァルド殿下。

共に、引き際を誤らないでほしいところである！

＊　＊　＊

「あっ、ヴァルド殿下、お久しぶり」

「先日の、親善友好団以来でしょうか？　ペーター陛下」

「（しらじらしい会話だなぁ）お互いに苦戦しているようで」

「（実はこの大陸の南端にある湖で、ヴェンデリンたちと仲良く釣りをしていたなんてことが知られたら、嫉妬しておかしなことを企む貴族たちが出かねない）ええ……」


魔導ソリに乗せられた、魔力が尽き負傷した魔法使いたちによると、とてつもなく巨大で、さらに体が分厚い氷で覆われたアイスアーマードラゴンが南下してきたそうだ。

前線のアームストロング導師が、魔法使い以外の探索隊を独断で後退させた。

ペーター陛下が指揮を執る帝国の探索隊も同じような状況で、帝国の副筆頭魔導師が魔法使いたちを率い、アームストロング導師と合流して化け物の南下を防いでいる。

残念ながら導師は、今の戦力ではアイスアーマードラゴンは倒せないと踏んでおり、私たちの撤退を支援してくれているようだな。

ただの猪武者ではなく、引き際は誤らないか。

さすがは、アームストロング伯爵家の出身だ。

「破天荒に見えて、状況判断を誤らないか……。さすがは、アームストロング導師」

「殿下！　帝国の魔法使いたちも合流したのです！　ここで一気にアイスアーマードラゴンを倒してしまいましょう！」

「今の戦力ならイケます！」

「アームストロング導師に対し、アイスアーマードラゴンの討伐命令を！」

スタンレー子爵が随分と勇ましいが、自分は伝令役すら十分にこなせず、導師に脅されただけで気絶し魔導ソリに乗せられて戻ってきたくせに……。

そして、彼に同調している残念な貴族たちもだ。

若手貴族という括りで選び、親善友好団より行動を共にしていたが、こいつらは使えないな。

無役で飼い殺すことにしよう。

それでもまだ、静かにしていれば可愛げもあるが、目を覚ました途端、自分が戦わなくてもいいものだから、愚にもつかない戦闘命令を私に出せという。

「（父上が言っていたとおりだな。どんなに生まれた環境がよく、高度な教育を受けても、一定の割合でバカが出る。そして、バカを用いれば国は危機に陥るか……）バウマイスター辺境伯たちが私たちに合流しようと北上を続けている。どうするかは彼らと合流してから決める」

「はあ……まあ、そういうことなら」

「バウマイスター辺境伯がいれば、アイスアーマードラゴンなど余裕で倒せるでしょうからな」

「アームストロング導師もいますからね」

こいつらはほんの少し前まで、バウマイスター辺境伯をペーター陛下と仲がいいという理由で疑っていたくせに……。

隣にいるペーター陛下も呆れているが、見事に同情的な視線を向けられてしまった。

間違いなく帝国にも、スタンレー子爵たちのような貴族がいるのであろう。

「バウマイスター辺境伯たちとの合流が先だ。南下する」

「僕もその意見に賛成だね。バウマイスター辺境伯たちが導師に合流すれば、アイスアーマードラゴンを倒せるかもしれないし、一時撤退するにしても犠牲が少なくて済む」

私とペーター陛下の判断により、両国の探索隊は魔物の領域から出るために南下を始めた。

しばらく魔導ソリで進むと、激しい雪煙と共に、こちらにもの凄い高速で向かってくるものがある。

あまりに高速でその詳細が確認しにくい……と思ったら、それは徐々にスピードを落としていき、私たちの近くで停止した。

高速で走っていたものは魔導ソリであると確認できたが、私たちが使っているものよりも速く走れるため、誰かが魔法を用いて停止させたようだ。

魔導ソリに乗っている人たちを見ると、そこには私が待ち焦がれていた人物がいた。

「ヴェンデリン！　途中で古代魔法文明時代の地下遺跡を見つけて探索中だと連絡を受けたのに、早かったじゃないか」

「……」

さすがはヴェンデリンだ。

スタンレー子爵たちなどとは大違いだな。

「(きっとヴェンデリンは、私の身になにかあると困るから、こんなに早くやってきてくれたのだな。これぞ友情！)」

将来私がヘルムート王国の王となった時、スタンレー子爵たちなどあてにならないことがよくわかった。

このところ私の権限が増すにつれ、徐々に私に付き従う貴族たちが増えていたが、その多くが私が王になった時、なにか利益を得ようと考えている者たちばかり。

それに比べてヴェンデリンは、地位や権力に大して興味を持たず、それなのに……。

「(未発見の地下遺跡を見つけたというのに、私の危機に際しこんなに早く駆けつけてくれるなんて……。やはり、ヴェンデリンは私の親友なのだ)」

これで決まった。

アームストロング導師の次の王宮筆頭魔導師は、ヴェンデリンをおいて他にいない。

人格、実績、能力のすべてがそれに相応(ふさわ)しいのだから。

「バウマイスター辺境伯。来て早々で悪いが、これより北でアームストロング導師たちと帝国の魔法使いたちが、南下する化け物を足止めしているところなのだ。すぐに援軍に向かってくれ」

「ヴァルド殿下、それはちょっと無理じゃないかな?」

「ペーター陛下、どうしてそう思うのかね?」

「いやあ、なんかヴェンデリン、意識ないけど」

確かによく見ると、魔導ソリの席に座ったヴェンデリンの意識はなかった。

目を開けたままだったので、気がつかなかったのだ。

「本当に意識がないな。おい、ヴェンデリン! 目を覚ますんだ! エリーゼ、一体彼はどうしたのだ?」

私は、魔導ソリの一番前の席に座っているエリーゼに尋ねた。

彼女がこの新型魔導ソリを操縦していたのか。

珍しいな。

「ヴェンデリン様は、速く動く乗り物が苦手なのです」

「そうなのか……。魔導飛行船は問題ないと聞いているし、いつも魔法で飛んでいるのに不思議な話だな。そうか……ヴェンデリンは気絶しながらも私のために急いで……さすがは我が友だ！」

このような速い乗り物が苦手なのに、私のために急いで駆けつけてくれた。

やはりヴェンデリンが、次の王宮筆頭魔導師に相応しいようだな。

「エリーゼ殿と……子供？　君たちは随分と元気だね。大人たちはみんな、ヴェンデリンはどではないにしてもグロッキーだけど……」

そういえば、魔導ソリに乗っている他のみんなも随分と大人しいな。

元気なのは、幼女二人とエリーゼだけか。

確かに、この魔導ソリは我々が試験しているものよりも遥(はる)かに高速で走っていたからな。

それにしても、女性は強いな。

「ベッケンバウアーさんの新型魔導ソリ、楽しかったです」

「もっと速くてもよかったな。俺は風を切るのが好きなんだ」

「そうしたら、もっと楽しそうだね」

「う――――ん、子供は強いね」

ペーター陛下は、猛スピードで走る魔導ソリを心から楽しんでいる幼女二人に感心していた。

確かに彼女たちは、将来有望かもしれないな。

「ペーター陛下！」

「ヴァルド殿下！」

「どうかした？」

「何事だ？」

エリーゼや子供たちと話をしていたら、北方が騒がしくなってきた。

視線を向けると、なんと数頭ながら巨大な白い熊がこちらに向かってきていたのだ。

「アームストロング導師たちをすり抜けてきたのか！」

「ヴァルド殿下、急ぎ後退を！　負傷者と、魔力が尽きた者たち以外、帝国側も合わせて、この中に魔法使いは一人もいません！」

「あんな巨大な熊の魔物。我々では、殿下が無事に後退するまでの足止めがせいぜいです！」

「陛下、我々も同じような状況です」

「う――――ん、これは欲をかきすぎたかな？」

私も、ペーター陛下と同じだ。

この北の大陸の探索を成功させ、帝国に対し外交交渉で有利を勝ち取る。

もしそれが成し遂げられれば、将来私が王になった際、うるさい王族や大貴族たちに対し優位に立てる。

そう考えたがゆえに、即断で探索隊を送り込んだのだが……。

「(もっとじっくりと腰を据えるべきだったのだ……)」

「もっと時間をかけるべきだったねぇ……失敗、失敗」

ペーター陛下も同じことを考えていたのか……。

彼も、帝国の統治体制を盤石にすべく、この北の大陸探索では焦りが出てしまったのだろう。

「(お互いに、切り札をそばに置くことはしていたが……)」

それはヴェンデリンのことなのだが、彼は今意識が飛んでいる状態だ。

エリーゼは治癒魔法使いであり、他のみんなも状態が万全とは言えない。

「これは困ったな……」

「急がせすぎたんじゃないかな?」

「ペーター陛下、まさかベッケンバウアーの新型魔導ソリがここまで高速だとは想像ができなかったのだ」

いくらすぐに来られても、みんなグロッキーではなぁ……。

「エリーゼ殿、治癒魔法で彼らを元気にできないかな？　とんでもなく大きな白い熊がこちらに迫ってきているわけで……」

「そうですね、急ぎ……」

エリーゼが、魔導ソリの席に座ったままグッタリしているブランタークたちに治癒魔法をかけようとしたその時、子供たちが魔導ソリから降りて北に向かって走り出した。

「フジコちゃん！　ルルちゃん！　危ないですよ！」

エリーゼの制止を無視して、二人の子供たちは私たちに迫りくる白い熊に立ち塞がった。

「「「グォ――――！」」」

「ヴェンデリン様との特訓の成果！」

「ルル、合わせるぞ！」

「『フレイムニードルズ』！」

二人が一斉に発動させた魔法は、とても凶悪なものだった。

私たちを襲おうと迫っていた四体の巨大な白い熊が、数十本の火の棘を全身に受けて一瞬で絶命してしまったからだ。

「えっ？　こんなに小さな子たちが？」

「バウマイスター辺境伯の指導を受けているからか……」

みんなが、二人の子供たちの魔法の腕前に驚きを隠せなかった。

私もペーター陛下もそうだ。

「エリーゼ様、早く導師様の助っ人に行かないと」

「私もそう思います」

「あの……ヴァルド殿下？」

魔法を駆使して白い巨大な熊を倒した二人は冷静そのもので、彼女たちに指摘されたエリーゼが、私に導師の元に向かう許可を願い出た。

「ああっ、頼む。ヴェンデリンたちは……ここで回復させず、現地で治癒魔法をかけてやってくれ。その方が効率もいいだろう」

「そうですね、全速力で伯父様たちの救援に向かいます」

「えっ……エリーゼ……さん？　いきなりスロットルを一番上にあげ……のわぁ――――！」

「エリーゼ！　もう少しゆっくり！　いくらボクでもぉ――――！」

私たちが危機を脱したことを確認すると、エリーゼは北に向けて全速力で魔導ソリを発進させた。

いきなりのトップスピードだ。

かろうじて意識はあったが、魔導ソリの席に座ったままぐったりしていたエルヴィンとルイーゼがエリーゼに対しなにか言っていたが、今はスピードが最優先だ。

一秒でも早く導師の元に辿り着いてほしいから、エリーゼがスピードに強くて助かった。

体調が悪ければ、現地でエリーゼに治してもらえばよい。

「ヴァルド殿下、また魔物の追撃があるかもしれない。急ぎ後退しよう」

「ヴェンデリンたちの足を引っ張るわけにいかないからな」

それにしても、やはりヴェンデリンは素晴らしい友であることが確認できた。

いくら才能があるとはいえ、あんな小さな子供たちがあれほど見事な魔法を使えるようになるよう教育していたのだから。

「（やはり、次の王宮筆頭魔導師はヴェンデリンだな）」

後進の育成にも期待できるからだ。

そう強く決意した私は、ペーター陛下たち帝国の探索隊と共に、無事魔物の領域から脱出することに成功するのであった。

＊　＊　＊

「あなた？　大丈夫ですか？」

「はっ！　ここは？　……っておい！」

信じられないことだが、エリーゼによる操縦のせいで意識が飛んだ俺が目を覚ますと、目の前で導師と多くの魔法使いたちが巨大な竜と戦っていた。

「えっ？　この魔物の領域のボス？」

「間違いなくそうだと思います」

それにしても大きい。

体高が、グレードグランドの数倍はあるだろう。

そして頭部を除く体すべてを分厚い氷が覆い、まるで防具のように機能しているのだから。

「導師がいるはずだから話を聞くか。エル」

「おう」

「藤子とルルはベッケンバウアーさんと共に、新型魔導ソリごともう少し後ろに下がってくれ。悪いが……」

「あのデカブツに、俺が剣で斬りつけたところでどうにもならないか……わかった」

エルは、新型魔導ソリの操縦をエリーゼと代わって少し後ろに下がった。

もし駄目そうなら、逃げるための足を確保しておかなければな。

それが貴族ってものだ。

「ヴェル、大丈夫?」

「なんとか……」

ずっと気を失っていたのと、エリーゼの治癒魔法のおかげで不思議なことに体調は万全だった。

「魔力も満タンであろう?」

「まあね……」

ずっと気を失っていたので、寝ていたようなものだからな。

テレーゼもそれがわかっていて、意地悪な質問を……。

「久々に死ぬかと思った……」

ブランタークさんも俺よりは遅かったが、エリーゼの操縦で意識を失っていたようだ。

「エルヴィンとルイーゼの嬢ちゃんが、かろうじて意識を保っていたぐらいだからな。なぜかチビッ子たちは元気だったけど……」

「若いからですかね?」

「そういう問題じゃないと思うんだよなぁ……」

「先生、急ぎましょう」

「ああ」

アグネスに促されて、みんなで前線へと向かうと、そこでは導師が珍しく指揮を執っていた。

普段なら前線で戦っているはずなのに……あまり戦況がよくないのであろう。

「胴体を狙うのである! 頭部は絶対に狙うな、なのである!」

「導師!」

「おおっ！　エリーゼたちにバウマイスター辺境伯も！　一日千秋（いちじつせんしゅう）の思いで来訪を待っていたのである！」

「で、どうですか？」

「戦況は膠着（こうちゃく）状態である！　思ったよりもマシではあるが、このままでは一時撤退するしかないのである！」

「一時？　もしかして導師は、この化け物を倒すつもりなんですか？」

「このアイスアーマードラゴンを倒さねば、この北の大陸の探索は困難なのである！」

導師は、本当に陛下の親友だよなぁ。

ただ相手は属性竜であり、次々と北から魔物たちも襲いかかってくるので、敵の戦力は多い。

工夫すれば倒せるとは思うけど……。

「導師よ。どうして氷に覆われていない頭部を狙ってはいけないのだ？」

「テレーゼ様、それはこういうことである！」

導師が、アイスアーマードラゴンの頭部に向けて『火蛇』を放つと、すぐに分厚い氷に覆われた尻尾を振り回してそれを弾（はじ）いてしまうのだという。

「なるほどのぅ。で、ヴェンデリンはどう考える？」

「貫通力のある一撃で頭部を狙うのが一番有効だと思う」

他にも、氷のアーマーを砕き、さらに属性竜の硬いウロコを貫かないといけないのだ。

不可能とは言わないが、難しいに決まっている。

「というわけなので、イーナ嬢よ！」

「私ですか？」

　まさか自分が指名されるとは思わず、イーナは驚きを隠せないでいた。

「投擲したミスリル製の槍に、強力な火魔法でブーストをかけて頭部を貫くのである！　奴は火が苦手ゆえ」

「それって、私たちが到着するまでに誰かやらなかったんですか？」

「……そんな余裕がないのと、一人二人の魔法使いの火魔法では、結局尻尾で振り払われてしまうのである！」

「ヴェンデリン、妾、ブランターク、アグネスたちで追加の火魔法と『ブースト』をかければ、尻尾で防ごうとしても、逆にあやつの尻尾が焼きちぎれてしまうというわけか」

「そういうことである！　ではよろしく頼むのである！　ルイーゼ嬢、一緒に来てほしいのである！」

「ボク？　ああなるほど……」

　アイスアーマードラゴンの南下を防ぐために火魔法を放ち続けている魔法使いたちであったが、同時に定期的に襲いかかる魔物たちも相手にしなければならず、かなり危険な状態に陥っていた。

　導師とルイーゼは、魔法使いたちの援護に回ったというわけだ。

　早速、魔物を殴る蹴るして倒し始めた。

「始めるか、ともかく試しにやってみよう」

「じゃあ、『火炎槍』を投げるわよ」

　イーナは投擲用のミスリル製の槍に火魔法を纏わせ、それをアイスアーマードラゴンの頭部目がけて全力で投げつけた。

そしてそれに合わせて、俺たちも火魔法を槍に上乗せしていく。

これは、ミスリル製の槍だからこそできる芸当だ。

普通の槍にこんなことをしたら、俺たちが火魔法を込めた時点で溶け落ちてしまうのだから。

「どうだ？　失敗か……」

ブランタークさんが残念がったが、炎の槍はアイスアーマードラゴンの頭部に命中する前に、氷で覆われた尻尾で弾かれてしまった。

尻尾を覆っていた氷が大分溶けたが、肝心の尻尾本体にはなんらダメージがないように見える。

どうやら体が大きいだけでなく、他の属性竜よりも防御力が相当高いようだ。

その代わり、その巨体と氷のアーマーのせいで飛行できないようだけど。

「導師、計算が間違ってるぞ！」

「そういうことがあるのも実戦である！　炎の槍の威力を上げるのである！」

「それしかないのはわかっているが、そう簡単にはいかないだろう」

ブランタークさんが魔物と戦う導師に苦情を述べたが、彼がそんなことで反省するわけがないのはブランタークさんも理解している。

ただ、このメンバーで槍に火魔法を込めても効果がないとなると、他の魔法使いたちにも加わってもらわなければ……。

「無理じゃないかしら？」

「だよなぁ……」

みんな、襲いかかる魔物たちの相手で忙しかったからだ。

「もう何人かの魔法使いたちが、手を貸してくれれば……」

「バウマイスター辺境伯、簡単に言ってくれるが、魔力を込めた腕力で投擲された炎の槍に、素早く火魔法を重ねられる魔法使いなどそうはいない！　そして、その実力を持つ魔法使いたちをそちらに回すと、今の阻止線は崩壊する。安全に撤退できなくなるぞ」

「ええと……」

「帝国の副筆頭魔導師であるサンデス殿だ」

「そうなんですか」

つまり、実質的な筆頭魔導師というわけか。

随分と若い人だな。

「ブランタークさん、よく知っていましたね」

「俺はむしろ、それを知らない辺境伯様に驚きだがな」

「だって、俺はなにか王国の役職についているわけじゃないし、ペーターやエメラさんも教えてくれなかったから……っ！」

そんな話をしていたら、これまで火魔法の雨あられに防戦一方だったアイスアーマードラゴンが強烈なブリザードを吐いてきた。

それを魔法使いたちが強固な『魔法障壁』で防いだ直後、数を増した魔物の群れが一斉に襲いかかってきた。

「対応！」

ブランタークさんの、その一言だけで十分だった。

この場にいる魔法使いたちは、全員が十分な戦歴を持っている者たちだ。

自然と体が動き、魔物たちは一斉に火魔法で倒された。

なお、導師とルイーゼはその前に魔物たちの傍から退避している。

「ここの魔物たちは、あんまり金にはならんな」

俺たちも含む大勢の魔法使いたちによる火魔法により、数百頭の魔物が焼死体と化した。

北の大陸の魔物は、火魔法に弱い。

だが、火魔法で攻撃すると表面が黒焦げになってしまう。

素材がお金になりにくいのだ。

丁寧に他の系統で倒せば毛皮などがお金になるかもしれないが、水、風の魔法が効きにくいので、よほど強い魔法使いでなければ、この大陸の魔物をわざわざ討伐しようとは思わないだろう。

「効率が悪いですよね、ブランタークさん」

「わざわざこんな寒いところまで来て、魔物を倒そうなんていう冒険者はいないだろうな。それよりも……」

アイスアーマードラゴンはいまだ無傷のままだ。

さらに続々と、北から魔物たちが襲いかかってくる。

倒せなくはないが、このままではみんな魔力が尽きてしまうだろう。

「ブランターク、このまま無為無策で戦っていて大丈夫なのか？」

「ちょっと自信がなくなりました。これは一時撤退した方がいいかもしれませんね」

まだ戦えるが、アイスアーマードラゴンを倒す決定打がないのだ。

その作戦を練るために一時撤退することも必要だと、テレーゼもブランタークさんも思ったようだ。

「先生、私はまだやれます」

「私もです」

「あっ、でも……このまま闇雲（やみくも）に戦っても……」

ベッティは、負傷して後方に下がり、エリーゼに治癒魔法をかけてもらっている魔法使いに気がついたようだ。

先ほど到着した俺たちと違い、ずっと闘っている魔法使いたちの中には徐々に集中力を欠いて負傷する者たちが出てきた。

死者が出ていない今のうちに撤退した方がいいと、彼女は思ったのであろう。

珍しくアグネスたち三人の意見が割れていた。

「導師！　ルイーゼ！」

「ルイーゼ嬢！　行くのである！」

「オーケー、導師！」

二人はタイミングを合わせ、魔力を込めた拳でアイスアーマードラゴンの氷の鎧（よろい）を殴った。

すると、大量の氷が割れてクレーターができるほどであったが、すぐに氷が回復してしまう。

火魔法で溶けた氷も同様なので、アイスアーマードラゴンの氷に覆われた体を攻撃するのはほぼ不可能とみていいだろう。

「こやつを覆う氷は、一種の魔法のようなものかもしれないのである！」

「だよねぇ。いくらここが極寒でも、そんなにすぐに氷が回復するわけないもの」

「私もアームストロング導師たちの意見に同意します。やはり……」

一時撤退もやむなしか……。

とはいえ、いきなり撤退も難しい。

ちゃんとタイミングを見計らって撤退を開始しなければ、背後から攻撃を受けて甚大な被害が発生してしまうからだ。

「それにしても、これだけの数の魔法使いで倒しきれない属性竜とは……」

俺たちは、アイスアーマードラゴンと襲いかかる魔物たちに火魔法を浴びせながら、撤退するタイミングを計り始めるのであった。

＊　＊　＊

「カイツェル！　ここではないのか？」

「地図によると、間違いなくここが北極点です！　この北極点の地下に、古代魔法文明時代の兵器が隠されているはず」

「やった！」

「同志オットーは正しかったんですね！」

「万歳！」

古書店で購入した古い地図を参考に、私たちは全速力で飛行して北極点に到達することができた。

あとは、ここに隠された古代魔法文明時代の兵器を見つけるのみ。

ただ一万年以上も昔の魔道具なので、すぐに稼働させられるとは思えない。

人気（ひとけ）のない安全な場所に密（ひそ）かに持ち込んで修理、整備し、その使い方を習得する必要があるだろう。

「同志オットー、どのような兵器なのでしょう？」

「北極点に隠すようなものだ。かなり期待していいだろう」

あきらかにヤバイものだが、破壊するには惜しいと思ったからこそ、大昔の人間たちは北極点に隠した。

私はそう予想していた。

「とにかくだ！　欲深く愚かな人間たちが、自ら魔物たちを引き寄せている今が最大のチャンスなのだ！　一秒でも早く、目的のものを見つけるぞ」

「「「「「「「おおっ！」」」」」」」

幸いにもカイツェルたちの士気は高く、しかも見渡した範囲に魔物の姿はなかった。

これなら、お宝の探索に集中できるというものだ。

「しかし、この北極点には目標物がなにもないな……」

見渡す限り氷の平原とは、こういうものを指すのであろう。

このような雄大な景色を見ていると、つまらぬゾヌタータ共和国を出てきて正解と本当に思う。

「目標物がないということは、どこかの氷の地面下に埋まっているということであろう。では探索を始める」

魔物がいないので、我々は手分けをして氷の地面に埋まっているはずのお宝を探し始めた。

一時間ほど『飛翔』しながら、上空から氷の下にあると思われるお宝を探していると、ついに仲間の一人が、氷の下にある巨大な人工物を発見した。

「ううむ、ここまで大きいとはな……」

推定で、高さ三十メートルほどであろうか？

先端部分に直径三メートルほどの水晶玉が取り付けてある、ゾヌタークト王国の魔道具とはデザインが大きく異なる巨大な魔道具であった。

「やったな、同志カイツェル」

「これがあれば、我々が世界を……」

「みんな、喜ぶのはまだ早い！」

私は、浮かれるみんなに釘(くぎ)を刺した。

「いつ惰弱な人間たちが、襲いかかる魔物たちから逃げ出すやも知れぬ。いや、もうとっくに逃げ出しているかもしれない。そうしたら、魔物たちがここに再び戻ってくるだろう。その前に、この分厚い氷を魔法で溶かして装置を回収しなければいけない。幸いにして魔法の袋があるから、このデカブツの運搬は可能だ」

「そうですね。急ぎ氷を溶かして、この巨大な道具を回収しなければ」

「確かに急いだほうがいい」

「一秒でも早く、お宝を回収するのだ」

カイツェルが賛同すると、他の同志たちもそれに従った。

私たちは、様々な魔法を用いて巨大な魔道具を覆う氷を除去し始めた。

風魔法で氷を削っていく者、火魔法で氷を溶かす者もいたが、この地は寒く、氷を溶かした水を素早く別の場所にどかさなければ、すぐにまた凍りついて元の木阿弥になってしまう。

排水も魔法で行い、みんなで作業を分担しながらお宝の回収作業を進めていった。

一体、何時間作業していたであろうか？

無事に巨大な魔道具を覆っていた氷の除去に成功し、ついに私たちはその全容を知ることができた。

「……同志オットー、これはなにに使う魔道具なのでしょうか？」

「……これだけ巨大で、見たことのないデザインで、わざわざ無人の氷の大陸の北極点に隠されていたものだ。きっと、とてつもない性能を秘めたものに決まっている。この魔道具の詳細については、サポート会員たちの情報収集に期待しよう」

現在、我ら世界征服同盟に所属するサポート会員たちには、古書店での情報収集任務を与えている。

愚かにも、古の貴重な資料をわずかな金目当てに古書店に売り捌くような者が多いのだ。

古き良きものを簡単に手放してしまうから、魔族は衰退してしまったというのに。

まあそのおかげで、我々はこの魔道具を使いこなせるようになるはずなのだから、逆に感謝しなければいけないのかもしれないな。

「魔法の袋に回収して……これでよしと。もはやこの大陸に用はない！　この魔道具を密かに修理、設置できる場所を目指し、我々は旅立つのだ！」

その前に一旦ゾヌターク共和国に戻り、サポート会員たちに探してもらった資料と資金、食料などを受け取る必要があるな。

彼らにこの魔道具を見せ、さらなる支援が来るように士気を上げる必要もあるか。

我ら十名は大いに魔法の腕を上げたが、さすがにこの極寒の大陸での修行と野営と探索で疲れた。

なにより、物資に余裕がないのが辛い。

食料も、肉が補充できるくらいだ。一旦戻ってサポート会員たちのカンパを募ることにしよう。

「この魔道具を見せれば、サポート会員たちからのカンパも多く集まるだろう」

「みんな、驚くだろうな」

「さらなる、サポート会員も増えるはずだ」

「彼らの度肝を抜いてやろう」

無事にお宝の回収を終えた私たちは、急ぎこの極寒の大陸から離れ、密かにゾヌターク共和国を目指すのであった。

この魔道具の正体を必ず突き止め、修理して世界征服で役立ててみせるために。

＊　＊　＊

「……これは駄目か……ベッケンバウアーさん、新型魔導ソリはいつでも動かせますよね？」

「勿論問題なく動くが、あの巨大な化け物は倒せそうにないのか」

「厳しいでしょうね……」


ベッケンバウアーさんと子供たちの守りで後方の新型魔導ソリに待機しているが、どうやら戦況は芳しくないようだ。

負けはしないが、勝ちきれない。

一時撤退して、仕切り直しといった感じだな。

「ヴェルたちを拾って、撤退することになると思います」

「そうか……ワシの火魔法ではどうにもならないからな」

「使えたんですか？　攻撃魔法が」

前に使えないって言ってたような気がするんだが……。

「使えなくはないが、考えてもみよ。ワシがブランタークやアームストロング導師のように攻撃魔法をバンバン使えたなら、魔導ギルドで研究に打ち込むことはなかったと思わないか？」

「確かに……」

冒険者になっていたはずだよなぁ……。

「使えても、さほどの威力でもないというわけだ。それに今のワシは、新型魔導ソリの修理、整備担当なのだから」

「それもそうですよね。新型魔導ソリをもう少し前に出します」

ヴェルたちを回収して撤退できるよう、事前に準備をしておかないと。

ヴェルもそれを見越して、俺を後方に配置したのだから。

「逃げるのか？　エル」

「一旦撤退して仕切り直しってやつだ」

どうせ、王国も帝国もこの北の大陸の探索を諦めないだろうからな。

こんな氷の大陸に価値なんてないんだろうけど、ヴェルが言うところの国家の威信、プライドってやつだろう。

それにしても、フジコめ。

年上の俺を呼び捨てはやめろっての。

「あの大きな竜が倒せないのは、要は火力が足りないからなんだろう？　魔法使いが足りないのなら、ここに三人も魔法使いがいるじゃないか」

「あのさぁ、フジコは子供だから」

「こういう時に大人も子供も関係あるか！　俺のこの右目に潜んでいる暗黒竜が、あの巨大な竜を焼き尽くしてくれようぞ！」

「それは無理だろう……」

すでにヴェルから、フジコの眼帯で覆われた右目の下には、暗黒竜なんていないって聞いているから。

「子供が我儘（わがまま）を言うものではありません！」

「たとえ子供だろうが、魔法使いである以上は戦力だ！　ルルも参加したいだろう？」

「ルルちゃんは、お兄さんの言うことを聞いてくれるよね？」

ルルちゃんは素直で優しいから、フジコみたいに我儘は言わないはずだ。

うん、きっとそうだ。

「ルルも、ヴェンデリン様の手助けをしたいです。ルルは、ヴェンデリン様のお嫁さんになるんですから。妻は夫を支えるものです」

「……」

ルルちゃんもかぁ……。

しかも、その理由が健気（けなげ）すぎる。

あと、ヴェルは死ね！

「で、どうするのかな？　エルヴィン殿よ」

「駄目に決まっていますよ！」

もしこの二人になにかあったら、俺の責任になってしまうのだから。

なにより、子供たちを魔物と戦わせたり、ましてや殺されるなんてことがあったら、大人の名折れってやつだ。

「とにかく、すぐ撤退命令が出ても対応できるようにしておきましょう」

「それもそうだな……ああ、それは難しいかもしれぬな」

「えっ？　それはどういう」

新型魔導ソリの後部に設置された魔導機関近くにいたベッケンバウアーさんと相談するため、彼の傍へと移動したのがよくなかったようだ。

いつの間にか子供二人が俺の横をすり抜け、なんとルルが操縦席に座ってしまったのだから。

「ルル、いけるか？」

「エルさんの操縦を見ていて覚えたよ、出発進行」

「「のぁ――――！」」

突然俺は、近くの座席に勢いよく押しつけられてしまった。

ルルは、エリーゼのように一気にスロットルを一番上まであげてしまったようだ。

とてつもない高速で、新型魔導ソリは巨大な属性竜と戦うヴェルたちの元へと走り出してしまう。

そして俺とベッケンバウアーさんは、椅子に座ってそれを見守ることしかできなかった。

高速で走る新型魔導ソリの上で移動なんてしたら、外に放り出されてしまうからだ。

ヴェル……。

フジコもルルも、将来とんでもない女性になりそうだぞ……って！

「ルル！　もう速度を落とさないと！」

「エルさん、スロットルを下げても出力が落ちません」

「ええっ！」

俺が慌てて新型魔導ソリの責任者であるベッケンバウアーさんの方を向くと……。

「……時に、故障や不都合が起こるのが魔道具というものだ。安心しろ。『失敗は成功の母』と言うではないか」

「そんな格言知らんし！　ヴェルぅ――――！　止まらないから、進路を開けろぉ――――！　脱出！」

俺は、前方で大型の竜や魔物たちと戦っているヴェルたちに警告を発してから、ベッケンバウアーさんの『飛翔』で脱出した。

フジコとルルは自分で『飛翔』を使えるから、それぞれに脱出していたけど。

「なんだ？　いきなり？」

ヴェルは突然の俺たちの行動に理解不能といった表情を浮かべていたが、今はそれを説明している時間が惜しいというか……。

まったく速度が落ちないまま暴走を続ける新型魔導ソリは、そのままの勢いで体の大半が氷で覆われた巨大な属性竜に激突し、その瞬間大爆発を起こした。

魔導機関に大量の魔力が残っていたので、それが原因だと思う。

ヴェルを含め、魔法使いたち全員が一斉に『魔法障壁』を用いてその爆風を防ぐ。

爆風が収まると、巨大な属性竜は胴体部分の氷が失われただけだが、周囲にいた魔物は全滅していた。

「これは思わぬ幸運である！　バウマイスター辺境伯！　ルイーゼ嬢！　今がチャンスなのである！」

「そうですね」

導師の言葉で、ヴェルたちが一斉に動き始めた。

「ワシの新型魔導ソリが……」

「それどころじゃないと思う」

「オジサン、行くよ」

「ルル、引っ張っていこう」

「そうだね」

大切な試作品が木っ端微塵になってベッケンバウアーさんがえらく落ち込んでいるけど、フジコとルルは彼を引きずっていき、なにやら作戦が始まるようだ。

……こうなったら、もう俺にすることはないな。

＊　＊　＊

「ええっ？　後ろ？　なんで？　回避！」

突然後方から、新型魔導ソリがとてつもないスピードで迫ってきた。

俺は慌てて回避命令を出し、まるでモーゼの十戒のように誰もいなくなった氷原を疾走した新型魔導ソリは、アイスアーマードラゴンに激突して大爆発を起こした。

続けて俺たちを爆風が襲うが、みんなすぐに『魔法障壁』を張っていたので無事だった。

爆風が収まると、アイスアーマードラゴンの胴体部分の氷がかなり抉れていたが、やはり本体は無傷のままだ。

周囲にいた魔物たちは全滅だけど。

「なんだったのかしら？」

「新型の魔導機関って、こんな大爆発を起こすんだ……」

「ヴェル、それよりも、新型魔導ソリで待機していたエルたちは？」

「そうだった！　エル！」

「よう……」

どうやらエルは、ベッケンバウアー氏の『飛翔』で新型魔導ソリから脱出したようだ。

ベッケンバウアー氏自体は、新型魔導ソリが木っ端微塵に吹き飛んだことがショックだったようで、ルルと藤子に引きずられながら呆然としていた。

「ヴェンデリン様、私も戦います！」

「俺の右目に潜む暗黒竜の出番だ」

「バウマイスター辺境伯！」

一体どういうことなのかわけがわからずにいたが、その直後、導師が大声で叫んでくれたおかげで我に返った。

今はそんなことを詮索している場合ではない。

なぜなら、これは大きなチャンスだからだ。

「ルイーゼ嬢！　うぉ――――！　久々の『魔導機動甲冑』！」

「同じく、超久々の『魔導機動甲冑』！」

そう二人が叫んだ直後、その全身が眩いばかりの魔力の光に覆われ、俺たちもアイスアーマードラゴンも、共に視力を奪われてしまった。

「久々だったけど、失敗しなくてよかった」

「デカブツ！　行くのである！」

光が消えて視力が戻ると、導師とルイーゼは無事に『魔導機動甲冑』を纏っていた。

そしてすぐ、一瞬動きを止めたアイスアーマードラゴンの後方に回り込み、その尻尾を押さえつけ始める。

新型魔導ソリの大爆発で、アイスアーマードラゴンの周囲に魔物がいなくなったおかげもあり、二人の作戦は無事に成功した。

だが、やはりグレードグランドの時と違って、尻尾の動きを押さえるので精一杯か……。

とてつもない巨体の分、その尻尾も長くて太く、さらに分厚い氷のアーマーで覆われていたからだ。

「辺境伯様、『魔導機動甲冑』はそんなに長くは保たないぞ！」

「わかってます！　イーナ！」

「任せて！」

イーナはすぐにミスリル製の槍を構えると、『火炎槍』を発動してからアイスアーマードラゴンの頭部を目がけて投擲した。

「魔法をのせろ！」

「任せな」

「任せろ、ヴェンデリン！」

「フジコちゃんにも！」

「ルルちゃんにも負けないよ！」

「二人の真似はしない方がいいんじゃないかな？」

「ワシの新型魔導ソリィ――――！」

ブランタークさん、テレーゼ、アグネス、シンディ、ベッティ。

そして、ようやく我に返ったベッケンバウアー氏も。

俺の合図で、みんなが投擲された『火炎槍』に火魔法と『ブースト』などを重ねがけしていく。

「ヴェンデリン様、成功しました」

「俺の暗黒竜も、あの槍に籠ったぞ」

「よくできました」

今は褒めておくが、どうやら新型魔導ソリを襲った悲劇はこの二人のせいっぽい。

あとでちゃんと事情聴取をしてから、叱っておかないと。

ただ、この二人の暴走のおかげでアイスアーマードラゴンは無事に倒せそうだ。

爆発の影響で、一時的とはいえ付近の魔物が全滅してしまったので、多くの魔法使いたちが『火炎槍』に火魔法と『ブースト』を重ねがけできたからだ。

しかもこれを振り払う尻尾は、『魔導機動甲冑』を用いた導師とルイーゼが押さえつけている。

「ギュワァ――――！」

「これで終わりだ」

威力を増した火炎槍がアイスアーマードラゴンの口の中に飛び込んでから、後頭部を貫通した。

どんなに強力な生物でも、頭部をやられてしまえば終わりだ。

まるでその死を知らせるかのように、アイスアーマードラゴンの頭部以外を覆っていた分厚い氷が一斉に粉々に砕け散ってしまう。

「なるほど。巨大な属性竜を覆っている氷は、やはり魔法のようなものだったのか。だから、死んだ途端砕け散った」

ブランタークさんが一人感心していると、アイスアーマードラゴンはそのまま倒れ伏してしまった。

巨体なので、倒れた瞬間に大きな揺れを感じる。

「大きな属性竜だったな。間違いなく、この魔物の領域のボスだろう」

「でしょうね」

ブランタークさんの意見に俺も賛同する。

一時撤退も考えていたが、どうにかアイスアーマードラゴンを倒すことができてよかった。

「藤子とルルの件はあとで事情を聞くとして、多くの負傷者が出たが、死者が一人も出なかったのは幸いだった」

今、エリーゼが負傷者に治癒魔法をかけているが、さて彼女は暴走した藤子とルルになんて言うのかな?

まるで小山のようなアイスアーマードラゴンの死体を見ながら、俺はふと、そんなことを考えてしまうのであった。

＊　＊　＊

「ううっ……割り算は苦手なのだ。俺は常に、足し算と掛け算の人生を歩みたいのでな」

「エリーゼ様、終わりました」

「……どうして俺まで……」

アイスアーマードラゴンが倒れたせいか、魔物の領域に入り込んでもほとんど魔物に遭遇しなくなった。

これまで侵入者に容赦がなかったのは、アイスアーマードラゴンが魔物たちを動かしていたから。

今では、魔物たちは大分分散してしまったようだ。

この大陸の地政学上、魔物の完全駆除は難しいが、群れをなして襲ってこないので、探索自体は非常に楽になったと思われる。

あとは、ヴァルド殿下とペーターに任せよう。

二人でよく話し合って、落としどころを見つけてほしい。

そんなわけで、俺たちはようやくバウマイスター辺境伯領へと戻ってきたのだが、藤子とルル、そしてエルは、対アイスアーマードラゴン戦において勝手に戦場に乱入し、戦っているみんなに迷惑をかけたという理由で、各種ドリルを解く罰を与えられた。

エリーゼとアマーリエ義姉さんが監視するなか、うず高く積まれた各教科のドリルを懸命にこなしている。

ルルが一番早く解いていて、次は藤子。

残念なことに、エルがビリだった。

「エル、間違いがあるぞ」

「なんで俺まで……」

「エルは、二人の監視役だったからな。監督者責任ってやつだ」

「ベッケンバウアーさんは？」

「いやあ……あれは声をかけにくいだろう」

苦心して試作した新型魔導ソリであったが、ここぞという時にスロットルが故障して、そのままアイスアーマードラゴンに激突。

見事、木っ端微塵になってしまったのだから。

新型魔導ソリを失ってショックを受けている彼に、罰としてドリルをやれとは言えないだろう。

「それに今頃は、新しい魔導ソリを作っているはずだ」

今回の反省を生かして、次はもっと素晴らしい性能の新型魔導ソリを作ると思う。

「ううっ……まだこんなにあるよ……」

そんなに勉強が得意でないエルからすれば、これが一番厳しい罰かもしれない。

「おおっ！　勉強であるか？　若人たちよ！」

とそこに、ブランタークさんと導師が姿を現した。

彼らは俺たちよりもあとに、北の大陸を出たと聞いている。

「北の大陸の件だが、両国合同チームによる探索は順調である！　この子たちが地下遺跡で見つけた地図は、とても正確なようである！」

「なら、最初からそうしろって話だけど」

「なかなかそうはいかないのが、国家の現実なのである！」

ブランタークさんよりも、導師が現実的な発言をするとは。

今の導師は、陛下の忠実な家臣モードのようだな。

「で、どうなりました？」

「それを知らせに来たのである！」

両国が皇帝と王太子まで送り込んで始まった北の大陸探索競争であったが、ようやくペーターとヴァルド殿下の間で交渉が纏まったようだ。

「北の大陸は帝国のもので、ヴァルド殿下は、アイスアーマードラゴン討伐の戦果を得るという結果になったのである。倒したアイスアーマードラゴンの素材の売却益は、討伐に参加した魔法使いたち全員で均等割りされることになったのである」

「いい具合に纏まったじゃないですか」

帝国は北の大陸の領有権を得られたし、王国もヴァルド殿下の指揮でアイスアーマードラゴンを倒した功績を得られた。

これで、彼には十分な箔がついたはず。

北の大陸にあるかもしれない古代魔法文明時代の兵器については、探索隊を両国合同にすることで抜け駆けを防ぐ仕組みにしたようだ。

「藤子とルルが見つけた地図はどうなりました？」

「情報は共有されることになったが、残りの探索と確認作業には急いでも一年ほどかかる予定である！」

「でしょうね」

さすがに、両国の魔法使いが揃い踏みというわけにもいかず、探索隊に加わっている魔法使いの数はかなり減っていたからだ。

多くの魔法使いたちは忙しいから当然だ。

「あの地図には、北の果ての壁が書かれていないため、懐疑的な者たちが多いのである！」

これまで、世界の四方の果てには壁があると言われて育ってきたからなぁ。

実際にそんなものはないと確認しなければ、納得できないのであろう。

「あとは、スタンレー子爵たちの出世の芽が絶たれたのである！」

「それはしょうがないですね」

彼らは、ヴァルド殿下の権限が増えてきた途端にすり寄ってきたが、親善友好団でも、その他の仕事でも、その能力をまったく発揮できなかった。

そればかりか、俺や他のよく働く貴族たちを讒訴したり、対アイスアーマードラゴン戦では導師たちに対し撤退は駄目だと言い放ち、それなのに自分は恐怖のあまり気絶してしまいと。

結局なんの役にも立たず、その無能ぶりを大いに発揮してしまったからだ。

俺でも、スタンレー子爵は重用しないと思う。

「本当に北の大陸に古代魔法文明時代の遺産とやらが眠っているのかは知りませんが、それよりも俺はようやくフリードリヒたちの面倒を見られるわけです」

「ちょっとお待ちください！　お館様！」

「その声は……ローデリヒ！」

まるで俺の発言に抗議でもするかのように、ローデリヒも乱入してきた。

「お館様が、親善友好団に参加してより半月あまり、バウマイスター辺境伯領の開発が滞っております。お館様には、一刻も早く『公務』にお戻りいただくよう」

「えっ？　公務？」

いや、以前までは『強制依頼』じゃなかったか？

「俺が魔法で土木工事をするのは公務なのか？」

「お館様。貴族とは、当主が家の空気を作るものなのです。当主が優れた魔法使いであり、フリードリヒ様たちにも魔力があるのであれば、バウマイスター辺境伯家において、魔法による工事は公務と呼んで問題ありません。では今日も頑張っていきましょう！　明日のバウマイスター辺境伯領のために」

「……コラッ！　ローデリヒ！　やめるんだ！　エル！」

俺はこれからフリードリヒたちの面倒を見ようと思ったのに、俺を外に引っ張っていこうとするな！

あと、エルはローデリヒを止めるべきだと思う。

「俺はドリルが終わらないから、ヴェルを助ける余裕がないんだよ」

「エル！　罰を与えた恨みか？」

「そんなんじゃないよ。実際にこのドリルの数を見てくれよ」

「もうちょっと早く解けよ」

「俺は頭が悪いから仕方がないの」

エルの奴。

やっぱり、俺がドリル解きの罰を与えた仕返しか？

「とにかくです！　明日のバウマイスター辺境伯領のため！　お子たちのため！　今日も張り切っていきましょう！」

「誤魔化しきれないかぁ……」

観念して土木工事をするかと思った瞬間、俺の魔導携帯通信機が鳴った。

連絡してきたのは、なんと魔王様であった。

魔族の国にも魔導携帯通信機に似たものが存在するが、当然、俺たちが地下遺跡から発掘したものとは通信が繋がらない。

規格が違うからだ。

そこでライラさんと魔王様に連絡用として、在庫があった古い魔導携帯通信機をプレゼントしていたのだ。

「なにか仕事の話かな？」

急ぎ出ると、珍しく慌てた口調で魔王様が話してきた。

『バウマイスター辺境伯、一刻も早く北の大陸の極点に急いだ方がいいぞ』

「ああ、やっぱり世界の果てに壁なんかないですよね。本当に極点があってよかった」

魔族は、ちゃんとこの世界が球形であることを知っていたようだ。

俺の意見が間違っていなくてよかった。

『この世界が丸いことなんて知識は小学生でも習う話なので、そんなことに喜んでいる場合ではないぞ。今、余たちは古の魔族を知るため、散逸した昔の資料を集めているのだが、ライラが古書店でとんでもないものを見つけてな』

「とんでもないもの？」

『古代魔法文明時代の主要国の軍隊が、思わぬ事故で文明が崩壊したあと、北の極点になにか特別なものを隠したそうだ。大昔の魔族たちが実際に現物を確認し、その位置を示した地図と共に資料として残していた。資料は時が経つにつれていくつか複製され、それが市井の古書店に叩き売られておってな』

「極点に、なにか特別な兵器ですか？」

藤子とルルが見つけた地図には、そんなものは書かれていなかったな。

あれは、純粋な北の大陸の地図だったのか。

「情報ありがとうございます」

俺は、すぐにヴァルド殿下に連絡を入れた。

『極点？　ああ、この地図にも書かれているポイントか……。なるべく早く向かわせるよ』

とはいえ、魔導ソリを用いた探索隊では到着に数ヵ月かかってしまう。

そこで、両国の精鋭魔導師隊により、吹雪かない時間のみ『飛翔』で北上してもらい、吹雪いている間は地上で待機する方法で、強行偵察を実行してもらった。

数日その結果を待ちわびていると、ヴァルド殿下から意外な報告が入ってくる。

『バウマイスター辺境伯、目標の極点に巨大な穴が開いていたそうだ。どうやら、分厚い氷の層に埋まっていたものを何者かが回収したらしい。これは困ったことになるかもしれない』

ヴァルド殿下としては、将来の不安要素となる可能性があるので心配なのであろう。

ただ俺は、その前にとある報告を受けて大いに喜んでいた。

なんと、アマーリエ義姉さんが妊娠したという報告を受けたのだ。

「男の子かな？　女の子かな？　楽しみですね」

「本当に産んでしまっていいのか、ちょっと戸惑ったけど……」

「戸惑う必要ありますか？　別にないと思うけどなぁ」

エリーゼたちも、いつもフリードリヒたちの面倒を見てくれるアマーリエ義姉さんの妊娠を喜んでいたのだから。

それに一人くらい子供が増えても、俺ならなんとでもなる。

「もし外の連中がなにか言ってきても、気にするだけ労力の無駄ですよ。バウマイスター辺境伯家内では、アマーリエ義姉さんは俺の奥さん扱いなので」

「……ヴェル君、ありがとう。今度は女の子なんていいかも」

「来年かぁ。楽しみだなぁ」

極点に隠された古代魔法文明時代の兵器とやらがどんなものかは知らないけど、そういう難しそうなお話はヴァルド殿下やペーターに任せるとして、俺はしばらくバウマイスター辺境伯領内でのんびりしたいものだ。

早く、アマーリエ義姉さんの子供が生まれないかなぁ。

「というわけですので、お館様にはお子たちのため、大いに公務に励んでいただきませんと」

「そこに繋がるのかよ！」

「さあ、大いに予定が詰まっているので急ぎましょう」

「わかったよ」

ローデリヒは相変わらずだが、これも子供たちのためだ。

行方不明である発掘兵器の行方は気になるが、今はバウマイスター辺境伯領の開発に励むとしよう。

巻末おまけ　アマーリエの憂鬱

「……ふう……」

「アマーリエ義姉さん、どうかしたんですか？　ため息なんかついて」

「ちょっと、実家から手紙が転送されてきてね。でも、その差出人と内容が……」

「なにかよくないことでも？」

「王都に住む従妹から送られてきたんだけど、その内容が……」

「この手紙を見たら、同じ内容の手紙を十通、知人、友人に出さないと自分が不幸になるとか？」

「そんな物語があるの？」

「前に、そんな物語を見たような……（不幸の手紙……古っ！）」

「簡単に言ってしまえば、自慢の手紙よ。私がバウマイスター騎士爵家に嫁いでからは来なくなったのに、また復活したみたい。うちの実家も、わざわざこっちに転送してこなくていいのに……」

アマーリエ義姉さんに、王都に住む従妹がいるとは知らなかった。

なんでも、彼女の母親の妹、つまり叔母が、王都のそこそこ裕福な商家に嫁いだそうだ。

アマーリエ義姉さんのお母さんは、マインバッハ騎士爵家と同じ小領主混合領域に領地がある似たような騎士爵家の出身で長女だった。

従妹の母親は次女であったため貴族家には嫁げず、王都の商家に降嫁したというわけだ。

零細貴族の娘あるあるであろう。

「従妹は貴族ではないけれど、私や叔母の実家よりもかなり裕福なのよ。で……」

「ああ、大方想像がつきます」

確かに私は貴族ではないけど、マインバッハ騎士爵家の人たちに比べたら遥(はる)かに裕福な生活を送っているのよ。アマーリエ、羨(うらや)ましいでしょう？

……みたいに従妹は思っていて、わざわざ自慢の手紙を、高い郵便代を使って定期的に出していたというわけか。

「私がバウマイスター騎士爵家に嫁いだら、さすがに手紙は来なくなって」

「でしょうね」

バウマイスター騎士爵領まで手紙を出したら、郵便代がこれまでの数倍になってしまうからだ。手紙が届くのにも時間がかかる。

いくら金持ち自慢をするにしても、時間と金がかかりすぎだ。

「一旦(いったん)終わったのに、また復活したんですか？」

「ええ、多分……」

「ああ、わかります」

いくら貧乏でも、バウマイスター騎士爵家の跡取りに嫁いだアマーリエ義姉さんに対し、商人の娘――いくつかは知らないが、もう嫁いでいるはずだから娘でもないのか――である従妹は、下手に自慢できなくなってしまった。

だが、クルトの死によりアマーリエ義姉さんの運命は大きく変わってしまった。

夫の死と、バウマイスター騎士爵領からの実質的な追放。

そして今は、侍女長としてバウマイスター辺境伯家で働いていることになっている。

実質、俺の奥さんなんだけど、それを知っている貴族は非常に少ない。

亡くなった夫の罪を代わりに償うべく俺にその身を差し出していることになっており、例の従妹からすれば、アマーリエ義姉さんは再びマウンティングの対象となったわけだ。

「色々あって大変ですねぇ。と最初に書かれているけど、そのあとは日々の贅沢な暮らし自慢しか書かれていないわ。それと、サンディは王都暮らしだから……」

どんな世界でも、都会に住んでいる人が田舎に住んでいる人をバカにする構図というのは存在するわけだ。

「話を聞くだけで面倒くさそうな人だ……」

「実は彼女、半分貴族の血が流れているから、王都の自分の実家よりももっと大きな商家の正妻として嫁いでいるのよ」

「なるほど」

さらにお金持ちになって調子に乗った従妹が、色々あって貴族とは言いにくいアマーリエ義姉さんに対し、再び金持ち自慢の手紙を送ってくるようになったわけか。

「それって逆に、自分が貴族ではないというコンプレックスの裏返しでしょうけどね」

「私もそう思うわ。零細貴族なんてそんなにいいものでもないし、せっかく優雅な暮らしを送れるのだから、私なんか無視すればいいのに」

人間の承認欲求とは恐ろしいものだ。

「これは実家から聞いたのだけど、そんな従妹には娘がいてね。従妹は、その娘をどうにか貴族に嫁がせたいみたい」

「無理……いや、できなくはないのか」

実家からの持参金目当てで商家の娘を正妻に迎え入れる零細貴族なら……。

ただ、いくら零細貴族でも、財政的に逼迫していない限りこういうケースは稀だから、あまり現実的じゃない。

「……すると、一回どこかの貴族の養女にするとか？」

「そうね。謝礼を貰って、一時的に平民の娘を養女として受け入れる貴族はいるわね」

財政的に逼迫している王都の役ナシ零細貴族が、商家の娘を一旦養女として受け入れ、貴族の義娘という扱いで嫁がせるそうだ。

当然、大物貴族がそんなことをしたら白い目で見られてしまう。

役ナシ男爵くらいまでが限度だとか、前にルックナー財務卿から聞いたことがあるな。

「従妹には、自分の娘を貴族に戻すという野望があるのよ」

本人たちからすれば必死なんだろうけど、俺からしたら、そこまでして娘を貴族に嫁がせてなんになるんだろうと思ってしまうな。

わざわざアマーリエ義姉さんにマウンティングするため、手紙を送ってくるような人だから、そういうことへの拘りが強いのだろう。

「やっとお館様が捉まった」

「あっ、アルテリオだ」

「よかったぁ、会うことができて」

話をしていた俺たちの元に、アルテリオが姿を見せた。

随分と久しぶりのような気がするけど、彼はバウマイスター辺境伯家の御用商人として、さらには俺のアイデアを流用して次々と新しい事業を始めているので、とても忙しいとローデリヒから聞いていた。

「随分と景気がいいそうじゃないですか」

「景気はいいけど忙しいですね。ところで明日なんですけど、少しお時間をいただけませんか？」

「明日？　まあいいけど」

一体、なんの用事だろう？

「実は、取引先を増やすことになりまして。以前から増やし続けていましたが、彼らと顔合わせをしてほしいのです」

バウマイスター辺境伯領の開発は順調で、様々な産品が王都に輸出されるようになった。

ところが、あまりにも急速に商売が広がったためにアルテリオ商会だけでは手が足りず、王都の色々な商会に流通を委託するようになったそうだ。

「そんな彼らからしたら、一回くらいはお館様と直接顔を合わせたいのです。アルテリオ商会主催でパーティーを開き、そこにお館様が顔を出すと。こういう時に『瞬間移動』は便利ですから。ちなみに、ローデリヒ殿の許可は貰っています」

「じゃあいいけど……」

ローデリヒが許可を出したということは、パーティーには絶対に参加しなければいけないということだな。

それはいいとして……。

「エリーゼたちの予定は？」

貴族がパーティーに出席するとなると、奥さんを連れていかなければならない。

ただ確か……。

「ちょうど運悪く、みな様予定が埋まっているとローデリヒ殿から聞きました。お館様は空いていましたが」

「……」

俺だけ予定が空いている。

つまり、一人で遊べたはずなのに……。

「俺一人じゃ駄目じゃないか？」

パーティーに出席する時に、貴族が一人で参加するのはなぁ。

親善友好団の時はみんなそうだったからいいけど、普通のパーティーでは奥さんを同伴するのが決まりだからだ。

「アマーリエ様がいらっしゃるではないですか」

「私？　私は、正式には奥さんじゃないから……」

アルテリオが、俺の同伴者としてアマーリエ義姉さんを推薦した。

アマーリエ義姉さんは、自分は正式な奥さんではないからという理由で断ろうとしていた。

「そこは気にしないでいいと思います」

「どうしてかしら？」

「商人という生き物は、なによりも情報を大切にします。アマーリエ様が、お館様の実質的な奥様であり、すでにそのお腹にお子がいることを知らないような商人では……。ですから、パーティーに参加する資格があるのですよ」

「建前よりも本音かぁ」

「それに、我々は商人なのですよ。貴族ではありません。お館様は、その違いがおわかりになられますか？」

「わからないなぁ……」

「つまりですね」

アルテリオの説明によるとこうだ。

もし貴族主催のパーティーで、侍女長扱いのアマーリエ義姉さんを連れていけば批判も出るが、商人主催のパーティーで彼女を連れて参加してもなにも言われない。

批判するような商人は、仕事にならないのだそうだ。

「他の貴族たちも、そういうパーティーにお気に入りの女性を連れてくるケースが多いのです。そこで平民である商人が、『正式な奥さんを連れてこい！』なんて言ったらどうなると思いますか？」

「揉(も)めるよなぁ」

失礼だと思うからな。

「我々商人としては、その貴族が我々を信用しているからこそ、そういう女性を連れてきたのだと思うのが普通です。貴族としても、気に入っている女性が正式な奥さんではないから貴族のパーティーには参加させられず、忸怩たる思いがある人も多いのですよ」

その貴族の気持ちを汲んでこその、優秀な商人というわけか。

「『振動抑制装置』もあるので、一緒に行きましょう。アマーリエ義姉さん」

「本当にいいのかしら？」

「バウマイスター辺境伯である俺がいいって言っているからいいんですよ」

そのぐらいの自由がなければ、貴族なんてやっていられないのだから。

「幸いにして、今度取引を始める『ヴェスター商会』の次期当主の奥様は、アマーリエ様の従妹だとか。久しぶりに交友を深めればよろしいかと」

「「えっ？」」

もしかして、さっきまで二人で話をしていた面倒くさい従妹もパーティーに参加するのか。

「（アマーリエ義姉さん、大丈夫でしょうか？）」

「（さすがに弁えると思うけど……）」

「二人とも、どうかされましたか？」

その後、アルテリオに詳しい事情を説明したのだけど、さすがにヴェスター商会ほどの商会がやらかすはずはないと判断され、明日のパーティーにはアマーリエ義姉さんを連れていくこととなったのであった。

「これはどういうことなの？　バウマイスター辺境伯様への暗殺未遂事件に連座して侍女に転落したアマーリエが、パーティーに参加って……。きっと、バウマイスター辺境伯様の付き人なのね」

＊　＊　＊

私の母は貴族の家に生まれたけど、次女だからという理由で商家に嫁ぐことになってしまった。

だからその娘である私も、ヴェスター商会に嫁いだ。

長女に生まれていれば、母は貴族に嫁げて降嫁することもなかったのに……。

母の長女である私も同じよ。

それだけでも悔しいのに、伯母の次女であるアマーリエは、なぜか降嫁せずにバウマイスター騎士爵家へと嫁いだ。

いくら零細貧乏貴族でも、次女のくせに貴族の家に嫁ぐなんて！

それなら私の母だって、貴族の家に嫁いでもよかったはず。

ただ、私の実家であるドーラ商会も、私が嫁いだヴェスター商会も、大金持ちだったのは幸いだったわ。

アマーリエが嫁ぐまで、貧乏なマインバッハ騎士爵家ではできない贅沢の詳細を、手紙に書いて送ってあげたんだから。

手紙だから彼女の顔は見えないけど、さぞや悔しがったはずよ。

そして最近、侍女に転落したアマーリエへの手紙を再開してあげたわ。

私の優雅な生活を、心から羨ましがることね。

さて、アマーリエのことはもういいわ。

実は私には夢があり、それは生まれた娘を貴族に嫁がせること。

ヴェスター商会は裕福だから、頑張れば男爵家の正妻くらいにはなれるはず……と思って情報を集めていたのだけど、ここで思わぬチャンスが訪れたわ。

なんと、ヴェスター商会がバウマイスター辺境伯家の御用商人であるアルテリオ商会と取引を始めると聞いたの。

なら計画は変更よ。

バウマイスター辺境伯の正妻は難しいけど、私の娘を彼の妻にできれば、娘が産んだ子供が重臣か分家の当主になれる。

バウマイスター辺境伯家が新興貴族だから巡ってきた、またとないチャンスね！

「となると……」

バウマイスター辺境伯様に侍女のアマーリエがくっついているから、便宜を図らせましょう。

確かに彼女は貴族だったけど、今では犯罪人の元妻で侍女。

ヴェスター商会次期当主の正妻の方が、圧倒的に立場が上なのだから。

「アマーリエが侍女……ぷっ！　メイド服姿のアマーリエを見るのが楽しみね。さあて、私も娘もおめかししないとね」

私に似てうちの娘も綺麗(きれい)だから、きっとバウマイスター辺境伯様も気に入るはずよ。

娘が正式に嫁いだら、アマーリエに面倒を見させましょう。

「まさに大逆転！　将来、私の娘の面倒を見させられるアマーリエがどんな顔をするか、楽しみで仕方がないわ」

本当なら、アマーリエよりも私の方が貴族に嫁ぐ資格があったはずなのよ。

それを、次女のくせにアマーリエが……。

まあいいわ。

これからは、私と娘がヴェスター商会の財力を背景にバウマイスター辺境伯家での影響力を増していくから。

アマーリエは、せいぜい私たち母娘の下働きに徹することね。

＊　＊　＊

「いいわね。バウマイスター辺境伯様もそう思うでしょう」

「アマーリエ義姉さん、とても似合っていますよ」

パーティー当日。

会場となったアルテリオのお屋敷の一室で、アマーリエ義姉さんがキャンディーさんにドレスを着付けてもらっていた。

現地で着替えた方が楽だろうという理由で、ドレスの選択も着付けも、彼女に依頼していたのだ。

「キャンディーさんは、ドレスを選ぶセンスもあるのね」

「好きだしお仕事だから。予算も制限がなくてね。アマーリエちゃん、愛されていていいわねぇ」

「確かにとても高そうなドレス。ヴェル君、いいの？」

「エリーゼたちもみんな持ってますからね。そこは平等に」

普段フリードリヒたちの面倒もよく見てくれるし、バウマイスター辺境伯家内では、アマーリエ義姉さんは俺の奥さんという扱いなのだ。

別になんの問題もない。

「ありがとう、ヴェル君。そうだったわ、パーティーでは……参りましょうか？　旦那様」

「行きます……行こうか、アマーリエ」

「お館様、そろそろパーティーが始まりますよ」

アルテリオの呼び出しで、アルテリオ商会主催のパーティーが始まる。

さすがというか、下手な貴族のパーティーなど比べ物にならないほど豪華だった。

招待客たちは、すでにアルテリオ商会を介してバウマイスター辺境伯家と取引しているか、これから取引を開始する商家の当主とその正妻、次期当主とその正妻や家族といった感じか……。

あまり小さな子供はいないが、同業者への顔見せという意味もあるのだろう。

若い男女も結構参加していたが、俺たちに直接挨拶に来ることはなかった。

「(当主の娘や、次期当主の妹なんかが押しかけてこないのはいいな)」

「(それは、事前に言い含めていますよ)」

パーティーに出る度に、いちいち奥さん候補として女性を紹介されていたら、気が休まらない。

アルテリオはその辺を察し、事前に通達を出してくれていたようだ。

「ヴィンセント商会の当主ジャンです。主に木材を商っております。バウマイスター辺境伯領は木材が豊富なので、これからも是非よきお付き合いを」

「マイルズ商会の当主ハントです。バウマイスター辺境伯領で作られるようになった畜産物の商いに参加させていただくことになりました。これからもよろしくお願いします」

商人は利に敏(さと)く、利を与えてくれる俺に対し余計なことは言わない。

なぜなら、俺がその商人を気に入らないといえば、すぐにアルテリオが取引を停止してしまうからだ。

「バウマイスター辺境伯様は、ミズホの産品がお好きだとか。色々とお持ちしました。是非ご笑納ください」

「奥様にも、香水とアクセサリーを……」

「この店のお菓子は、現在王都で女性に大変好評でして……」

商人たちは、俺とアマーリエ義姉さんとの関係もちゃんと把握しているようだ。

この場ではちゃんと俺の妻として扱い、沢山のお土産も持参していた。

「(貰ってしまっていいのかしら?)」

「(くれるものはいいんじゃないですか?)」

あきらかに変な贈り物なら、アルテリオがなにか言うだろう。

それに、贈り物の金額以上の利益を望めるからこそ、彼らはお土産を持参したのだから。

「(あとで、エリーゼさんたちと分けましょう)」

アマーリエ義姉さんは、いつもと変わらず慎(つつ)ましやかだった。

だから俺は彼女が大好きなんだけど。

自己紹介や歓談は順調に進んでいたが、ここで一人の女性がアマーリエ義姉さんに話しかけてきたことにより、パーティーの空気が一変することになる。

年齢は三十歳前後であろうか？

そこはかとなくアマーリエ義姉さんに似ているような気がするが、俺はアマーリエ義姉さんの方が圧倒的に可愛（かわい）いと思う。

なんか、底意地が悪そうな……。

「(アマーリエ、この人が例の従妹？)」

「(ええ……)」

彼女が嫁いだヴェスター商会は、確かこれから取引を始めるってアルテリオが言っていたものな。

「お久しぶりね、アマーリエ」

「ええ……お久しぶりね……サンディ」

事前に話は聞いていたが、アマーリエ義姉さんはこの女性が苦手のようだ。

バウマイスター騎士爵家に嫁ぐまで、わざわざ裕福な生活を自慢するために手紙を送ってくるような女性なのだから当然か。

自分は貴族じゃないけれど、貴族のあなたよりも金持ちなのよと。

「あれ？　アマーリエは侍女のくせに、どうしてそんな豪華なドレスとアクセサリーを？　おかしくない？　ヴェスター商会次期当主夫人である私よりも、高価なドレスとアクセサリーを着けているなんておかしいわよ。侍女はメイド服でも着ていなさいな」

どうやらこのパーティーに出席している人たちの中で、この従妹のみが状況を理解できていないようだ。

アマーリエ義姉さんが、侍女長だという公的な情報を鵜呑みにしているのだと思う。

「サンディ、やめろ！」

「バウマイスター辺境伯様、僕の妻はちょっと……」

老人と三十代半ばほどの青年が、従妹がこれ以上発言するのを止めようとした。

どうやら、この二人がヴェスター商会の当主と跡取りのようだ。

「(あれ？　この二人は……)」

俺とアマーリエ義姉さんの本当の関係を知っているな。

ならどうしてこの従妹は……そうか、どうやら情報を共有していないようだな。

「お義父様、あなた、今がチャンスだから黙っていてよ。バウマイスター辺境伯様、ご紹介しますわ。私の娘であるハイジです」

「サンディ！」

ヴェスター商会の当主が怒鳴り声をあげて止めたが、従妹は聞く耳を持たなかった。

このパーティーで、俺に奥さんの押し売りをするのは御法度である。

当然ヴェスター商会の当主親子は承知していたが、どういうわけかその妻である従妹だけは理解していなかったようだ。

「(アマーリエ、ハイジはバウマイスター辺境伯様の妻にする予定なの。数年後にそれが実現したら、あんたがこの子の世話をするのよ。頑張ったら、あんたにも分け前があるから)」

従妹はさらに暴走していく。

小声でアマーリエ義姉さんに、とんでもないことを命令していた。

それにしても、人間の思い込みとは凄いものだ。

従妹は、今のアマーリエ義姉さんが格下の存在だと思い込んでいるから、高価なドレスを着たりアクセサリーを着けているのはおかしくて、自分の娘を俺に嫁がせたら、メイドとしてお世話をするようにと上から目線で命令してしまう。

というか、その小声は俺にも聞こえているし、他の招待客たちはそれとなく状況を察知して唖然とし、ヴェスター商会の当主親子は顔面蒼白であった。

「……あの……バウマイスター辺境伯様……」

「報告、連絡、相談は、基本だと思うんだけどなぁ……たとえ奥さん相手でも」

「……初歩的なミスでした……。サンディ、ハイジ。帰るぞ！」

「ええっ？　どうしてよ？　今、アマーリエに言い含めているところなのに！」

「バカ！　とにかく帰るぞ！」

「……サンディ！　このバカ義娘が！　みなさま、ご迷惑をおかけしました」

ヴェスター商会の当主が他の参加者たちに頭を下げ、家族を連れてパーティー会場から出ていった。

「……お館様、ヴェスター商会との取引は……」

「他の人たちの手前、仕方がないよね」

「ですよねぇ」

つまり、ヴェスター商会とバウマイスター辺境伯家とは一切取引をしないということだ。

その後は特に問題もなくパーティーは進んだが、俺がただ一つ思ったのは、血縁関係が逆に仇となることもあるんだな、であった。

＊　＊　＊

「ふう……」

「あれ？　どうかしましたか？　アマーリエ義姉さん」

「またサンディから手紙が来たのよ」

「毎度のお金持ち自慢ですか？」

「いいえ、私になんとか取り成してほしいそうよ」

「……」


パーティーが終わって数日後。

再びアマーリエ義姉さんに、例のやらかした従妹から手紙が届いた。

王都からバウルブルクまでの距離を考えると、かなり焦って手紙を出したようだ。

「サンディがやらかしたせいで、ヴェスター商会の大商いが駄目になってしまい、さらにパーティーで多くの同業者たちが目撃していたから……」

一気に信用を落として、商売が左前になってしまったのであろう。

さらに、そのやらかしのせいで従妹は正妻ではなくなり、自分の息子が跡取りではなくなってしまった。

そんな可哀想な私を助けて頂戴、アマーリエ。私たちは親戚同士じゃないのと、手紙には書かれていた。

「助けてほしいですか？」

「少し可哀想な気がしなくもないけど、ここで助けてもどうせ調子に乗るだけだし、私も正直嫌いだから」

「ですよねぇ……」

結局アマーリエ義姉さんの従妹は、息子がヴェスター商会の跡取りから外され、娘も貴族に嫁げるはずもなく、自身も死ぬまで貧しい生活を送る羽目になるのであった。

口は災いの元というか、勝手に決めつけるのはよくないなぁと思う俺であった。

八男って、それはないでしょう！ 23

2021年8月25日　初版第一刷発行

著者　Y.A
発行者　青柳昌行
発行　株式会社KADOKAWA
〒102-8177　東京都千代田区富士見2-13-3
0570-002-301（ナビダイヤル）
印刷・製本　株式会社廣済堂
ISBN 978-4-04-680694-9 C0093

企画　株式会社フロンティアワークス
担当編集　小寺盛巳／下澤鮎美／福島瑠衣子（株式会社フロンティアワークス）
ブックデザイン　ウエダデザイン室
デザインフォーマット　ragtime
イラスト　藤ちょこ

本シリーズは「小説家になろう」（https://syosetu.com/）初出の作品を加筆の上書籍化したものです。

ファンレター、作品のご感想をお待ちしています

宛先
〒102-0071　東京都千代田区富士見2-13-12
株式会社 KADOKAWA　MFブックス編集部気付
「Y.A 先生」係「藤ちょこ先生」係

二次元コードまたはURLをご利用の上
右記のパスワードを入力してアンケートにご協力ください。

https://kdq.jp/mfb
パスワード
33u7a

●PC・スマートフォンにも対応しております（一部対応していない機種もございます）。
●お答えいただいた方全員に、作者が書き下ろした「こぼれ話」をプレゼント!
●サイトにアクセスする際や、登録・メール送信時にかかる通信費はご負担ください。

本人の意思とは裏腹に、
貧乏貴族の八男から大物貴族にまで
成り上がったヴェンデリンの冒険活劇！
詳細はMFブックス公式HPにて！ https://mfbooks.jp/

MFブックス『八男って、それはないでしょう!』の著者が描くシリーズ第2弾!　1～7巻好評発売中!

詳細はMFブックス公式HPにて！ https://mfbooks.jp/

銭（インチキ）の力で、戦国の世を駆け抜ける。
ついにコミカライズ！
未来人介入の痛快戦国記！
過去にタイムスリップした光輝は、
未来技術を駆使して荒ぶる戦国時代を
銭の力で駆け抜ける…！
FWコミックスで検索！
FWコミックスにて
大好評連載中!!
漫画：広石匡司／原作：Y.A ／キャラクター原案：lack
編集：株式会社フロンティアワークス
©Y.A 2020

お茶屋さんは賢者見習い

A Tea Dealer is An Apprentice Philosopher.

コミカライズ企画進行中

著 巴里の黒猫
イラスト 日下コウ

Story

ある日異世界へ転移してしまったお茶屋さんのリン。
四大精霊の加護を受けた彼女は、
精霊術師ライアンの保護のもと暮らすことになる。
そんなリンは精霊の力と現代知識を活かし、
様々なアイデアで周囲を驚かせ——!?

精霊に愛された賢者見習いの、
異世界暮らしがはじまる!

「こぼれ話」の内容は、
あとがきだったり
ショートストーリーだったり、
タイトルによってさまざまです。
読んでみてのお楽しみ！

アンケートに答えて著者書き下ろし「こぼれ話」を読もう！

よりよい本作りのため、
読者の皆様のご意見を参考にさせて頂きたく、
アンケートを実施しております。
ご協力頂けます場合は、以下の手順でお願いいたします。
アンケートにお答えくださった方全員に、
著者書き下ろしの「こぼれ話」をプレゼントしています。

この二次元コードから
アンケートページへアクセス！

https://kdq.jp/mfb

このページ、または奥付掲載の二次元コード（またはURL）に
お手持ちの端末でアクセス。

↓

奥付掲載のパスワードを入力すると、アンケートページが開きます。

↓

最後まで回答して頂いた方全員に、著者書き下ろしの「こぼれ話」をプレゼント。

●PC・スマートフォンに対応しております（一部対応していない機種もございます）。
●サイトにアクセスする際や、登録・メール送信時にかかる通信費はご負担ください。

MFブックス

MFブックス　http://mfbooks.jp/